ENTREZ DANS LA DANSE AVEC

UNE LEÇON INTERDITE

ROMAN

LILLY ROSE
AGNOURET

Une leçon interdite

Roman

©Lilly Rose AGNOURET

Toute reproduction interdite sans l'autorisation de l'auteur.

ISBN: 9781549756788

Du même auteur :

- Black & White   (fiction sentimentale)
  ISBN: 978-1545273937

- Une nuit à Cape Town (fiction sentimentale)
  ISBN: 978-1540324719

- Elle est belle la vie   (recueil de nouvelles)
  ISBN: 978-1535270465

- Les choses de mon corps, la vie d'Alésia Jade Ossey (romance érotique)
  ISBN: 978-1522927204

♡♡♡ *Dédicace spéciale à mes lectrices.*

Vous êtes des personnes délicieuses.

Je vous souhaite encore et encore du bonheur. ♡♡♡

Elle : Daisy, jeune femme à la peau métisse. Fleur bleue et pas toujours sûre d'elle.

Lui : Alex, jeune sportif passionné, peau noire soyeuse. Une personne fort audacieuse.

PARTIE I :

LE 16 MAI 2011, DEMAIN C'EST MON ANNIVERSAIRE.

Il est 17h30 quand j'entends sonner à ma porte. J'ai passé la journée enfermée à la maison à regarder la télévision. Je me suis passé en boucle, ma série policière préférée, histoire de me détendre et d'oublier...

Le son de la sonnerie persiste et je suis obligée de sortir rapidement de la douche. Je me passe un drap de bain autour de la poitrine et vais rapidement vers le salon. Je décide d'arriver à pas de loup vers la porte et regarde par le judas ; là, devant la porte, le doigt insistant sur la sonnerie, Alex est là. Je le sens nerveux. A la façon qu'il a de se passer la main sur le visage, je pressens qu'une fois la porte ouverte, nous passerons des heures à parler. Longues seront les explications si j'arrive à me maitriser, à le tenir à distance et à gérer la situation.

Mon cœur bat la chamade car je me sens impuissante face à ce visage qui est fixe et regarde droit vers le judas comme par défiance.

« Ouvre-moi Daisy ou je resterai là toute la nuit. »

« Va-t'en, s'il te plait. Ne rends pas les choses plus compliquées, Alex. »

« Il faut que je te voie. Ouvre, je t'en prie. Je te promets de partir dès que j'aurai parlé. Je t'en prie. »

« Va-t'en Alex. Je t'ai tout dit dans mon message hier. C'est fini. Tout est fini entre nous. »

« Je comprends. Tu me jettes, c'est ça !? Pourquoi Daisy !? OUVRE ! »

« Arrête, Alex ! Arrête de crier. »

« Je ne m'arrêterai que quand tu auras ouvert. Qu'y a-t-il ? Je te fais peur ? »

« Non. Tu es idiot de penser cela. Je veux simplement que tu t'en ailles. C'EST FINI. »

« Tu ouvres ou je me déshabille et reste nu là, devant ta porte durant toute la nuit. »

« Tu es fou ! Va-t'en Alex. Ne rend pas les choses plus difficiles. »

« OUVRE ! », gronde-t-il. « Dis-moi, il est là, c'est ça. »

« Va-t'en, Alex ! »

J'entends alors le verrou de la porte du voisin d'en face qui s'ouvre. Alors, je me vois obligée d'ouvrir pour éviter que ce type toujours silencieux, ne vive le spectacle de mes amours particulières.

« Entre ! », fais-je en tentant de m'éloigner pour aller rapidement dans la chambre passer un jean.

Alex me retient par le bras et me dit :

« Je n'ai pas dormi de la nuit. J'ai pensé à toi pendant toute la journée. Ton message m'a rendu dingue. Entends-tu mon cœur battre ? »

Il a porté ma main à sa poitrine et me sourit. Un sourire carnassier qui dit que je vais succomber si jamais je ne réagis pas.

« Ta main est douce ! », fait-il en y déposant un baiser.

« Alex, ne rends pas les choses plus difficiles ! »

« C'est toi qui veux les compliquer. Je suis un homme, tu es une femme. Personne ne peut nous interdire de nous aimer. Je me liquéfie chaque fois que je te vois. Ton sourire accompagne chacun de mes rêves. Je deviens fou à l'idée que ce couillon revienne et tente encore sa chance. Tu es à moi, beauté ! Sais-tu seulement ce que mon corps me dicte en ce moment ? »

Son corps lui dicte toujours de me sauter dessus, de m'arracher mes vêtements, de laisser l'un de ses doigts se perdre en moi alors que ses lèvres visitent mon corps comme un général passant en revue ses troupes avant le combat.

- C'est de la folie pure ! Tu sais que certains sont au courant ! Les collègues en parlaient hier en salle des profs. Que dis-je, ils chuchotaient en ma présence. »

- Je n'en ai que foutre de ce que pensent les autres. C'est toi qui m'intéresse, Daisy. Je meurs sans toi. Peux-tu enfin le comprendre et l'accepter ?

Il se retrouve dangereusement à quelques centimètres de moi. Je n'ai pas bougé. Je suis toujours nue sous ce drap de bain et je ne sais même plus si je pense correctement face au torse velu de cet athlète de l'équipe du lycée, grand d'un mètre 82, qui est l'un des meilleurs basketteurs de la ville. Il a la peau noire luisante, il est musclé, son visage aux lignes fines me rappelle son âge mais la force avec laquelle il retient mon bras me dit qu'il a le dessus sur mes réticences.

Il esquisse un geste pour se débarrasser de son sac de sport qui atterri par terre. Il se rapproche. Son nez se trouve à quelques millimètres du mien quand il me murmure :

- Répète-moi tout ce que tu as écrit dans ce message, hier soir. Dis-moi que tu ne veux plus de moi. Dis-le !

Je déglutis péniblement, baisse les yeux pour ne pas me laisser impressionner par son regard. Je n'en mène pas large car déjà une chaleur se diffuse dans mon entre-jambe. J'essaie malgré tout de garder le cap et trouve assez de courage pour lui tenir tête.

- J'ai tout dit dans mon message. Je mets fin à tout ça. C'est de la folie. Je n'aurais jamais dû céder à la tentation. Reste loin de moi et je ferai pareil, Alex.

- Non, ce n'est pas possible. Tu ne peux pas me demander ce genre de chose, Daisy. Je deviens quoi sans toi ?

- Ce n'est plus possible, Alex ! Il faut que cela s'arrête. Je te l'ai dit, cette histoire peut me couter ma carrière, fais-je en m'éloignant de quatre pas.

- Je ne suis rien sans toi, Daisy. Tu ne peux pas m'abandonner. Pas maintenant.

Parlant ainsi, Alex s'approche et de ses deux mains, me saisit le visage avant de me voler un baiser sauvage, affamé, prédateur. De nouveau nait en moi ces émotions contradictoires qui portent mon corps à incandescence en liquéfiant toute résistance en moi. Je deviens encore et comme toujours ces derniers mois sa prisonnière volontaire.

La chaleur de ses baisers m'emporte alors que fébrilement sa main remonte le long de ma cuisse nue. La force de son désir est trahie par la protubérance au niveau de la braguette du pantalon de son uniforme de lycéen. Bientôt, il me lève de terre et le drap de bain qui cachait encore ma nudité cède et permet à ses lèvres de se poser sur le haut de ma poitrine. Il me porte vaillamment dans ses bras et vient me déposer sur le canapé du salon. Se tenant à l'extrémité de ce dernier tout en gardant ses yeux vissés sur les miens, il se débarrasse de sa chemise, se baisse, se saisit de mes deux jambes qu'il remonte au niveau de ses épaules pour avoir le loisir d'observer mon sexe nu, complètement à sa merci.

Ce regard perçant, brulant, enfiévré, réussit le même pari à chaque fois : celui de me faire jouir par anticipation car je sais de quoi sont capables ses mains, cette langue, ses lèvres... Cette bouche m'a fait tomber un soir de décembre. C'était imprévisible et fou. J'ai succombé, les larmes aux yeux, me demandant quelle démence me poussait dans les bras d'un jeune homme de 17 ans.

« Garde les yeux ouverts », me somme-t-il, alors que sa tête entreprend le voyage vers la tour de contrôle de mon plaisir, le centre nerveux des désirs charnels, le point focal de mon antre secret. Et d'un coup de langue expert, il me fait gémir en un rien de temps.

- Alex, je... Ce n'est pas... On ne devrait pas... Je... Ooooh ! oooh, comme c'est bon ! Ne t'arrête pas ! Ooooooh !

Des larmes s'échappent de mes paupières. Je me rends compte qu'une fois encore, je me suis montrée faible. Jamais cela ne finira donc ?

- Dis-moi que tu aimes, Daisy ! Dis-le que je te fais du bien.

- Je…Je… ooooooooh !

Je suis incapable de dire autre chose.

- Tu es magnifique beauté ! MAGNIFIQUE ! Oh comme tu es belle !, me murmure-t-il.

Il se redresse, quitte le canapé, enlève son pantalon et son boxer lentement tout en me regardant comme s'il voulait que je perde totalement le contrôle au point de me retrouver à supplier comme souvent, pour qu'il mette fin à ce supplice qu'il s'emploie habilement à me faire vivre à chaque fois qu'il pose ses mains sur moi. Je suis sa prisonnière. Je suis son terrain de jeu. Je suis son champ d'expérimentation. Je suis… en manque de lui, en lévitation avant cette transe dans laquelle il me transporte sitôt que son sexe turgescent s'aventure en moi. Ce tunnel secret dont les parois se délectent de la force, la vigueur et la chaleur de ce membre viril dont les soubresauts, les assauts me tirent des gémissements plus prononcés les uns que les autres.

« Ooooh ! Ne t'arrête pas. Ooooh ! oooooh ! Alex... Oooooh ! Enfonce tout. Je veux tout, tout, tout... »

« Tu veux tout quoi, Daisy ? Dis-le. Que veux-tu, bébé. »

« Ta bite, je te veux toi. Ooooh ! »

« Dis-moi que tu m'aimes ! Dis-moi que je suis le meilleur ! Dis-le ! », m'intime-t-il en redoublant d'ardeur à la tâche.

Ses mains ont trouvé refuge dans mes tresses. Il me suçote le bas du cou. Il finit à happer l'un de mes seins dont le téton s'est sauvagement dressé et ne demande qu'à succomber sous la langue de cet étalon.

La lucidité, bien vite, a fuis la pièce. La sonnerie à la porte de mon appartement retentit mais mon envol vers le 7ème ciel a raison de tout. Je suis saisie d'un orgasme alors que mon amant pose un baiser sur mes paupières comme pour demander à mes larmes de se transformer en larmes de bonheur.

Il est ce magicien-là, qui d'un coup de langue, ou par la force de son sexe, me fait perdre la raison tout en me faisant me sentir belle, femme, comblée ...simplement heureuse.

- Je n'irai nulle part, Daisy ! C'est toi et moi. Je ne laisserai pas ma place à cet imbécile. Il peut toujours courir. Tu es à moi.

Ayant dit ceci, sa tête se pose sur le haut de ma poitrine et ses vagissements me font comprendre qu'il jouit, triomphant.

Nous restons là collés l'un à l'autre pendant près d'un quart d'heure. Il se lève enfin et m'entraine avec lui vers la douche. Il m'invite à le rejoindre dans la cabine de douche. Je laisse l'eau me tomber sur le visage et faire taire la voix qui dans ma tête me sermonne pour mon comportement. La main droite de mon amant de nouveau se promène sur mon corps et vient dessiner des boutons de rose autour de mon nombril. Comme un forcené, il me prend dans ses bras, me sert si fort que je manque d'étouffer. Il me redit combien il est fou de moi.

- Mon souffle est coupé à chaque fois que je remarque tes courbes dans les couloirs du lycée. J'ai failli en venir aux mains avec Romain hier après-midi. Si tu savais les mots qu'ils utilisent pour décrire ton corps ! Je meurs intérieurement de ne pas pouvoir leur dire que ce corps sur lequel il fantasme est tout à moi. Tu es mon trésor. Tu es ma merveille.

- Jusqu'à quand, Alex ? Où cela nous mènera t-il ?

- Mon amour pour toi est plus fort que tout. N'en doute pas. Tu me rends dingue, beauté.

Il me plaque contre l'une des parois de cette cabine de douche et se remet à m'embrasser à la base du cou, puis descend dangereusement vers mes seins, tout en caressant d'une main, la touffe de poils sur mon pubis.

- Alex ! Il faut qu'on s'arrête. Tout ça...

- Quoi tout ça ? Qu'est-ce que tu appelles tout ça, Daisy ? Je ne comprends pas de quoi tu parles !, me lance-t-il sur un ton de défit, l'un de ses doigts ayant déjà trouvé refuge dans mon vagin.

- Alex, il faut qu'on arrête. Tout ça ...

- Je ne t'entends pas Daisy ! Que dis-tu ?

Il est là à savourer, l'une après l'autre, les pointes de mes seins, qui, avec traitrise, se sont dressées. Ils sont si faciles à soudoyer que, déjà, je me sens de nouveau mourir à petit feu.

- Alex, je... Tu... On ne devrait pas...Je...Oooooh ! Oooooh, c'est bon. Ooooh, Alex ! J'adore quand tu me suces les seins.

- Je le sais bébé. Demande et je t'envoie au 7ème ciel comme jamais personne ne l'a fait. Dis-le que tu as envie de moi. Dis-le.

- Je t'aime Alex ! Tu me rends dingue.

- Tu es ma déesse. Mon cœur t'appartient, Daisy. Demain, c'est mon anniversaire, et c'est dans tes bras que je veux être.

La nuit lentement est tombée sur la ville. Je suis devant la fenêtre de ma chambre et regarde en bas le voisin qui sort sa voiture et la gare sous les branchages de cet arbre qui lui sert de parking. Dans le petit immeuble dans lequel je vis, il y a quatre appartements, c'est-à-dire deux à chaque étage. Je suis locataire de l'appartement de gauche au 2ème étage. J'y vis seule. Et le jeune homme musclé, vêtu d'un uniforme de lycéen, qui vient de sortir d'ici, attire forcement l'attention et pourrait faire jazzer. Heureusement pour moi, la jeune fille qui loue l'appartement du bas est devenue une amie. Et les deux autres locataires, eux aussi du même âge que moi, préfère jouer l'indifférence tout en étant amicaux à mon égard.

Le son de la télévision berce le silence des lieux depuis qu'Alex est parti, il y a une heure. L'on sonne à ma porte. Je vérifie que je suis correctement vêtue avant d'aller ouvrir. Je pose au passage, la tasse de lait que je tiens en mains puis regarde par le judas. J'ouvre à

Lucille, la voisine du bas, mon unique amie dans cette ville que j'ai découverte en y arrivant en début de trimestre.

- Hey, miss! Comment vas-tu? Merde Daisy ! Tu sens le sexe. Je pensais que c'était fini ?

Je baisse simplement la tête alors qu'elle continue son bavardage :

- Combien de temps ai-je passé ici hier soir à t'entendre me dire qu'il faut que tu te montres raisonnable et mette fin à cette histoire !? Tu as encore succombé, ne me mens pas !

- Oui, dis-je simplement.

Elle reste là à me regarder, mains sur les hanches. Elle garde longtemps le silence avant de me dire :

- Jamais je ne te jetterais la pierre car moi-même je ne sais pas ce que je ferai dans ces cas-là. Il y a de l'électricité dans l'air à chaque fois que vous êtes l'un et l'autre dans la même pièce. La dernière fois qu'il est arrivé ici, j'ai tout de suite compris que peu importe ma présence, il en finirait avec toi. Je pensais être encore plus incommodée par cette histoire mais rien n'y fait. Et c'est troublant.

- Les autres ne pensent pas comme toi, Lucille ! Les collègues chuchotent en me voyant. Personne n'a encore eu le courage de venir vers moi pour m'en parler. Mais je sens bien qu'ils savent ce qui se passe.

- Comment pourrait-il le savoir, vu que vous êtes discrets ?

- Max sûrement. Il a dû se confier à Théo.

- Je vois. Et comme Théo ne pouvait pas la boucler, il en a parlé.

Max est un prétendant de longue date. Il est mécanicien de bord et travaille pour Air France. Il me fait la cours depuis près de 3 ans et espère toujours que je réponde à ses avances. Il était là, il y a une semaine, cadeaux et bouquets de fleurs en mains. J'ai de nouveau repoussé ses avances.

Il a pensé et a toujours pensé que sa proximité avec ma cousine Aïcha est un atout. Jusque-là, cela ne lui a pas porté chance. Théo est l'un de mes collègues. En arrivant dans le lycée dans lequel j'enseigne, il est venu se présenter à moi car, m'a-t-il dit, il comptait protéger les « intérêts », de son ami Max.

Partie 2 :
Flashback...

Nous sommes le 20 septembre 2010 et ma lettre d'affectation est arrivée ce matin. Je jubile à l'idée que ma demande d'atterrir ailleurs qu'à Libreville ait été prise en compte. Le sourire aux lèvres, j'arrive dans le salon où Jacques, mon frère aîné lit son journal. Il est dix-huit heures, il est rentré du travail plus tôt que d'habitude.

- Oh, princesse, tu es là ! Je te croyais chez maman.

- Je suis rentrée il y a une heure Regarde ! Ma lettre d'affectation est arrivée. Je vais à Port-Gentil.

- Comment ça à Port-Gentil ? Nous ne connaissons personne là-bas ? Tu vas t'y retrouver toute seule !

- Jacques ! J'ai 24 ans. Il serait temps que j'apprenne à vivre seule, tu ne crois pas ?

- Tu veux dire qu'on t'étouffe, c'est ça ?

- Je veux dire que je suis adulte et que vous devriez apprendre à me faire confiance. Je sais que vous vous inquiétez pour moi mais tout ira bien.

- Je ne suis pas prête à te laisser partir, petite sœur. Je te l'ai dit dès le début : tu aurais dû continuer tes études jusqu'au doctorat. Tu es trop jeune pour te lancer dans la vie professionnelle maintenant. Il n'est pas trop tard pour repartir en France.

Je suis rentrée au Gabon au mois de mai avec tous mes bagages et l'intention de m'installer définitivement. Cela au grand dam de mes quatre grands frères qui persistent à ne voir en moi que la petite sœur, la benjamine de la famille. Ils m'ont tellement couvée depuis ma naissance. Petite, j'avais droit à toutes leurs attentions. Adolescente, ils m'accompagnaient au collège et venaient me chercher à la fin des cours. Mon frère aîné m'a accompagné lors de ma première sortie en boite de nuit, le jour de ma réussite au baccalauréat. Mon diplôme en poche, j'ai atterri à Toulouse où vit mon frère Olympe, informaticien dans l'industrie pharmaceutique. Il m'a couvée et suivie pendant toutes mes études. J'ai vécu chez lui, dans le pavillon qu'il s'est acheté avec son épouse il y a huit ans, pendant mon séjour de sept ans à Toulouse. Mon Master II en poche, et une expérience professionnelle de deux ans, j'ai décidé de rentrer après avoir déposé un dossier à la fonction publique gabonaise. Mes frères ont eu tôt fait de m'en dissuader. Je n'ai pas cédé à la pression, leur répétant que je voulais enfin me lancer dans la vie professionnelle.

- Attends que j'appelle maman pour lui demander le nom de son amie qui est rentrée vivre à Port-Gentil pour sa retraite. Elle pourra t'accueillir.

- Jacques ! J'irai à l'hôtel le temps de trouver un logement. Tu ne vas quand même pas déranger une vieille dame pour moi !

- Ecoute ! Je ne suis pas tranquille à l'idée que tu ailles là-bas loin de nous.

- Je te signale, grand frère, que Port-Gentil est à 25 minutes d'avion !

- Daisy ! Est-ce que tu sais ce qui t'attend là-bas ? As-tu déjà enseigné ici ? »

- J'ai déjà enseigné. Je te signale que j'ai travaillé pendant deux ans dans un collège à Toulouse. Je sais que je suis faite pour ça, Jacques.

- Tu n'as jamais enseigné au Gabon. Je te trouve trop jeune et naïve pour les élèves que tu auras face à toi. Tu viens de France et là-bas, les élèves passent leur bac à 17 ans. Ici, tu auras affaire à des multi-redoublants récalcitrants de 25 ans, dont tu ne pourras te débraser parce que les choses sont ainsi faites. Qu'arrivera t-il si l'un d'eux décide de te casser la gueule.

- Tu exagères, grand frère. Il ne m'arrivera rien. J'ai déjà appelé l'établissement qui m'accueillera. Ils sont ravis de me compter dans leurs effectifs. Ils avaient besoin de « rajeunir » leur effectif. Et ils sont fières de savoir que j'ai été formée à l'étrange et suis fraichement diplômée.

- Quelles classes prendras-tu en charge ?

- Ils m'ont parlé de 2 classes de 4ème, deux classes de 2nde et 2 classes de 1ère.

- Tout ça pour toi toute seule !, me lance t-il effaré.

- Oui. Et ne t'inquiète pas ! Je m'en sortirai.

- J'appelle maman. Je n'aime pas cela du tout. S'il le faut, je te paierai un billet retour pour Toulouse, histoire que tu ailles t'inscrire en doctorat.

Assise dans le canapé en face de lui, je l'écoute parler à notre mère. Il raccroche au bout d'une demi-heure puis compose le numéro de quelqu'un d'autre. Il s'agit d'une ancienne collègue infirmière de ma mère. Elle se prénomme Martine. Après un quart d'heure de discussion, il est convenu qu'elle enverra sa fille Héloïse et son fils Martin me chercher à l'aéroport. Bien sûr, je logerais chez elle le temps de m'acclimater à la vie à Port-Gentil.

- Quand veux-tu partir ?, me demande enfin Jacques.

- Dans deux jours.

- Je t'accompagne à Port-Gentil.

- JACQUES ! Combien de professeurs de français, âgés de 24 ans, donc majeurs, se font accompagner de leur frère aîné pour leur prise de fonction !

- Ma princesse ! Je ne sais même pas quoi dire ! Est-ce que tu sais ce que c'est que le secteur de l'enseignement au Gabon ? Ma chérie, c'est au bas mot 80 élèves par classe. On te donne 6 classes pour ta première expérience dans ce pays. Dis-moi, comment feras-tu pour tenir le coup ? Tu n'auras personne autour de toi, personne à qui parler le soir en rentrant. Pourquoi as-tu choisi d'aller ailleurs qu'à Libreville ?

- Je veux apprendre la vie. C'est le seul moyen pour moi de grandir.

- C'est pour nous fuir que tu t'en vas ?

Je baisse simplement la tête pour ne pas avoir à le vexer en lui répondant que j'ai besoin qu'ils me lâchent tous la bride et consentent enfin à me traiter en adulte.

- Je t'accompagne à Port-Gentil. Je vais m'assurer que tu trouves un logement décent. Ensuite, je rentrerai. Mais je t'appellerai tous les jours, princesse. Ce déménagement ne me plait pas du tout.

Deux jours après, j'arrive à Port-Gentil en compagnie de mon grand frère et avec les recommandations de ma mère qui m'a soufflé dans l'oreille :

« Si tu trouves que c'est trop difficile, appelle-nous. Tu pourras repartir en France terminer tes études. Tu as toujours dit à ton père que tu auras un doctorat, t'en souviens-tu ? «

C'est une promesse faite alors que j'étais au lycée. J'ai toujours été la meilleure de ma classe, la fierté d'un papa professeur d'histoire à la faculté des sciences humaines à Libreville. Il est décédé un an avant que je décroche mon baccalauréat. Il me manque toujours. Oui, ce doctorat je le voulais...

A Port-Gentil, nous avons été accueillis par Héloïse et Martin, les enfants de l'amie de ma mère. Martin a failli s'étrangler lorsque je lui ai annoncé que j'allais enseigner au lycée. Il me regarde et me dit :

- Tu as quel âge, Daisy ? 20 ans ? Je pensais que tu venais ici en tant qu'assistante de direction ou même comptable. Mais professeur ??? Qui t'as punie en te forçant à suivre cette voie ?

- Pourquoi poses-tu ce genre de questions ? »Là, il me regarde et me détaille des pieds à la tête puis se tourne vers mon frère et lui lance :

- J'espère qu'elle sait porter des tenues africaines. Tu sais, des ensembles en wax, en bazin. Parce que cette robe-là... Je pense que tu aurais dû enseigner en maternelle. Ma chère, tu es trop belle pour être professeur en lycée.

- Martin !, le sermonne sa sœur Héloïse. Laisse Daisy tranquille. Si les femmes n'ont plus le droit d'enseigner qu'en maternelle, où va le monde ? Qu'êtes-vous devenus ? Des animaux !

- Faites comme si je n'ai rien dit !

La conversation s'arrête là. Au bout d'une semaine après avoir longtemps tourné, mon grand frère se rabat sur une agence immobilière et me trouve cet appartement coquet, avec 2 chambres. Il décide d'en payer un trimestre de loyers en espérant que j'aurai bientôt mon premier salaire.

Le premier jour de classe arrive. Martin vient me chercher en voiture pour me conduire au lycée. En chemin, il m'annonce que la compagnie pétrolière qui l'embauche l'envoie en expatriation à Moanda, en RDC. Je lui souhaite bonne chance. Il me regarde et me dit :

- Tu feras attention aux requins que tu auras comme élèves ! Ils sont capables de tout ! Ils utilisent parfois des méthodes déroutantes.

- Tout ira bien pour moi. J'ai reçu des cours pendant ma formation pour apprendre à gérer le stress, les cas difficiles et les conflits.

- Je te souhaite du courage, Daisy.

Martin a quitté Port-Gentil deux semaines plus tard. Héloïse et moi n'avons pas les mêmes centres d'intérêt. A 30 ans, elle est mère au foyer et a 6 enfants.

Jacques parti, c'est avec Lucille, qui a le même âge que moi, que je me lie d'amitié et découvre la ville. Elle est analyste financière et travaille à la SOGARA.

Un mois après avoir commencé à travailler dans ce lycée, je reçois un appel de Max qui relance ses demandes : il espère toujours de moi une réponse positive car son cœur brule d'amour pour moi.

J'en ris intérieurement puis raccroche. Et en posant mon cartable sur la table de mon salon, une enveloppe s'en échappe. Elle est blanche, parfumée. Je l'ouvre. Il y a écrit sur une page blanche :

Je donnerai ma vie pour poser mes lèvres sur les vôtres. Si vous me dîtes oui, ce n'est pas moi qui dirais non.

Deux jours plus tard, un nouveau mot :

Ce corps ! Qui ne tuerait pas pour l'embrasser ! Savez-vous que vous êtes une véritable bombe !?

Une semaine après, le mot devient plus tendancieux et dit :

Je vous baiserai comme jamais personne ne l'a fait. C'est mon sexe qui parle car mon intelligence, chaque courbe de votre corps l'a réduite à l'état de bouillie. Vous êtes une déesse, madame Inanga.

Je suis madame Inanga pour mes élèves. J'arrive en classe vêtue de vêtements pas trop près du corps, avec un chignon strict sur la tête, en me gardant de sourire à tout va. Pourtant, le mot suivant de ce mystérieux inconnu me dit :

Laissez-moi rien qu'une fois dire bonjour à votre chatte et le sourire, vous l'aurez tous les jours. Changez donc de mec. Celui que vous avez est incapable de vous décoincer.

Le lendemain après avoir lu ce mot, j'arrive avec l'air déterminé. Je colle une interrogation écrite dans chacune des classes que j'ai à ma charge. Ensuite, je leur donne un devoir de maison à rendre la semaine suivante. Cela ne calme en rien mon agacement de ne pas savoir qui se permet de m'écrire ce genre de choses. Face à moi dans cette classe de 2nde, j'ai 87 élèves, dont certains assis à même le sol et d'autres trop orgueilleux, restant debout. Ils sont à trois par table-banc, ce qui m'oblige à rester debout à l'avant. Heureusement que ma voix porte. Mais vu comment les élèves les plus âgés qui trustent le fond de la c lasse n'en ont que faire de ce que je dis, je finis, inéluctablement, à ne m'intéresser qu'aux jeunes devant, tout en envoyant uniquement les plus vieux au tableau.

Personne ne boude. Personne ne me fait de remarque déplacée. Je comprends que ce n'est pas dans cette classe que le mot est écrit. Mais où alors ???

En rentrant à la maison le vendredi suivant, le mot est plus long, toujours sur du papier blanc avec une enveloppe parfumée :

Vous avez le plus beau cul de la planète, madame. Merde ! Si seulement je pouvais croquer dedans. Vous a-t-on déjà fait chanter pendant l'amour ? Je suis votre homme, si vous êtes intéressée. Je suis endurant et pour vous, ce sera double et même triple ration. Aïe, Aïe, Aïe. Comment puis-je travailler correctement en classe en sachant que le plus beau cul de la planète est là face à moi et que je ne peux même pas le caresser ?

Un mois passe durant lequel je reçois des mots le mercredi et le vendredi. L'un d'eux me pousse à interroger ma vocation d'enseignante. Comment cet élève que je ne connais pas et que je ne peux deviner, fait-il pour apprécier ainsi les courbes de mon corps au point de les dessiner ??? Oui, il y a ce dessin là, sur ce bout de papier. Il détaille pour la première fois la façon dont il s'y prendra pour que je crie son nom comme une malade et frôle l'insanité au point de mourir repue dans ses bras.

Je repasse en revue les copies de mes élèves de 1ère. Aucune pour sauver les autres. Elles sont pleines de bonnes intentions mais aussi de fautes d'orthographe et de grammaire à s'en tirer les cheveux. Alors que les mots que je reçois sont soigneusement écrits, comme si l'élève qui les envoie s'y prend avec minutie pour laisser parler sa tête ou son sexe.

Durant les semaines qui suivent, je m'attèle à travailler avec toujours plus de rigueur. Les classes de 4ème ne posent aucun problème. Les élèves y sont plus réceptifs. En classe de 2nde, c'est le boucan car ils sont plus nombreux. Pour leur faire les dents, je leur colle des exercices d'orthographe comme s'ils étaient en CE2. Beaucoup pestent contre moi. Je n'en ai cure. J'en fais passer une vingtaine au tableau pendant le cours. En classe de 1ère, nous lisons Perpétue de Sony Labou Tansi comme œuvre complète. Puis, j'occupe les élèves par groupe de 4 sur des travaux autour d'œuvres littéraires. Cela a pour effet de calmer certains esprits et de leur faire prendre conscience que le baccalauréat, c'est l'année prochaine.

Un jour arrive ce mot :

Ma bite s'appelle Bibiche et elle vous fera planer. Dès que vous l'aurez gouttée, vous en redemanderez !

Là, je décide de ne plus ouvrir d'enveloppe jusqu'à la fin de l'année.

Le premier trimestre se termine. Je suis en salle des profs et remplis le registre de notes de chacune de mes classes quand un collègue arrive, ferme la porte, me pose une main sur l'épaule et me dit :

- Je savais que tu ne résisterais pas et que tu serais au rendez-vous. Les autres sont en réunion avec l'inspecteur. On peut aller ailleurs si tu veux.

Je me retourne face à la voix que j'ai reconnue.

- Mais de quoi parlez-vous monsieur Mensah ? Ôtez vos pattes de là. Pour qui me prenez-vous ?

-Ah ! Je pensais que tu avais compris, madame Inanga ! Mes lettres t'ont charmé, je le sais. Je t'ai entendu en parler avec une collègue !

- C'est vous, monsieur Mensah, qui m'avez écrit tous ces mots ! Quel âge avez-vous ? Disons que vous êtes proches de la retraite, pour être gentil ! Vous pensez vraiment que je n'ai que ça à faire ? Perdre mon temps dans le lit d'un vieux crouton comme vous ?

Le type, qui a une taille de moins que moi, peau métisse, mélange d'une mère portugaise et d'un père béninois, me répond :

- Je fais craquer des jeunettes de 18 ans. Tu crois que tu es exceptionnelle !

Je préfère me taire et sors de cette salle sans le regarder. Je le laisse là avec son imbécilité.

Je mets ainsi fin à ce mystère qui me dérangeait drôlement...

Un matin de décembre.

Je suis arrivée au lycée à 7h comme d'habitude et, dès le portail, je me fais interpeller par le censeur du second cycle :

- Madame Inanga, je suis désolé de vous prendre de court mais j'ai un souci. Votre collègue Andross Nzamba est malade et a un arrêt de 15 jours. Je n'ai pas d'autre recours que de vous demander d'assurer ses heures de cours en classe de terminale D.

- En terminale ! J'ai déjà beaucoup à faire, vous savez !

- Je préfère vous avoir en terminale qu'en 6ème. Les petits sont plus difficiles. Je n'ai pas d'autres solutions, croyez-le. Je suis vraiment embêté.

- Ce n'est que pour 15 jours, n'est-ce pas ?

- Tout à fait. Dès le retour d'Andross Nzamba, vous reprenez votre emploi du temps normal.

- Bien. C'est d'accord.

*****

~Lui~

Une clameur s'est fait entendre dans la classe quand cette prof est rentrée. Des sourires ont illuminé certains visages. Des sifflements appréciateurs se sont exprimés. Je suis resté sans voix. Dieu serait Lui-même apparu à ce moment-là, que l'aura et la beauté de cette prof l'auraient éclipsé. Comment est-il possible qu'une merveille pareille soit prof ?

- Je suis la remplaçante de monsieur Nzamba. Nous serons ensemble pendant 15 jours !, nous dit-elle.

Je reste là à observer franchement cette merveille de la nature. Les femmes ont raison de dire que Dieu nous a créés avant elle parce qu'il avait besoin d'un brouillon. Combien de temps a-t-il fallu au créateur de l'univers pour sculpter ce corps ? Non seulement le corps est dément, mais le visage alors…

- Mais madame, on fait comment pour se concentrer avec un prof comme vous. Il faut avoir pitié de nos yeux ! Est-ce que vous ne pouvez pas vous mettre un sac en papier sur la tête pour nous éviter de finir aveugle. Les rires fusent. La prof alors crie :

- Je prends un nom au hasard. Alex Bengault, au tableau. Lisez-nous la première page de ce roman.

Je me lève, comme hypnotisé, me demandant pourquoi la sanction tombe sur moi. Je m'avance et prends le roman de Sembène Ousmane qu'elle me tend. Je n'ose même pas la regarder dans les yeux de peur d'être foudroyé par sa beauté. Je me mets à lire à haute voix avant de refermer le livre et de retourner tranquillement dans mon coin. Le cours continue avec diverses lectures pour tenir la classe au calme. A la fin, nous avons une interrogation écrite d'une demie-heure. Quand le cours se termine enfin, les gars autour de moi commentent l'affaire du jour : « Les gars, cette prof-là, c'est mon défi. Qui parie que je la démonte avant le retour de monsieur Nzamba ? »

« Tu n'es qu'un con, Mbamba Léonce. Avec ta grande gueule là, tu es capable d'inventer encore des scénarios à dormir debout ! Tu n'es qu'un bouffon ! », se moquent les autres.

« Moi, je la descends en deux quatre six dans les toilettes des professeurs. »

« Mais Essono, tu es un imbécile, quand même. On te dit que la meuf a fait ses études en France et tout, et c'est dans les toilettes que tu veux te la faire ? Ouais, on sait que tu es un gars fauché mais toi aussi ! Un peu de sérieux. »

« En tout cas, vous parler dans le vide. Ce genre de prof-là, ce ne sont pas nos petites bourses de lycéens qui peuvent la faire planer. Elle est jeune et fraiche.

Elle vise haut. C'est sûrement la petite d'un PDG ! Vous parlez dans le vide. », lance Ondéno.

Là, Walter Atanga lance : « Je fais un tour chez mon nganga* (marabout) ce week-end. Dès lundi, j'attaque ! Bientôt elle ne pourra plus se passer de ma bite magique, les mecs. Elle me suppliera de la prendre dans n'importe quel coin de ce lycée. Je vais me faire ce petit cul de professeur ! »

Cette réplique me donne un tel frisson que je préfère les abandonner et partir très vite ! Parfois les entendre parler de toutes les filles qu'ils s'envoient comme s'il s'agissait de tartines de pain que l'on consomme au petit-déjeuner, me met mal à l'aise.

J'ai 17 ans. J'ai toujours été bon élève. Je suis le meilleur basketteur de la ville (sans vouloir me vanter). Et si j'ai atterri dans ce lycée à effectifs pléthoriques alors que j'étais tranquille au lycée français Victor Hugo, s'est parce que j'ai cassé la gueule à un élève qui avait osé vendre du shit à ma petite sœur, Léonne. Ma mère a eu beau plaider ma cause, s'armer de différents arguments, la violence au sein de l'établissement, ça ne passait pas. C'est ainsi que j'ai atterri en début d'année dans ce lycée... Une jungle pour moi.

Ce sont mes qualités de basketteur qui me valent d'être respecté dans le lycée. Sinon, je subirais les piques et les embrouilles des « costauds », c'est-à-dire les vieux de la classe. Le plus âgé a 26 ans et s'est fait rectifier l'âge pour pouvoir passer le bac et être accepté à l'université. Passé le bac après 24 ans vous éjecte automatiquement des listes des bacheliers potentiels boursiers de l'État.

Je m'acclimate à ce lycée avec toutes ces filles qui me tournent autour. Parfois, elles ont à peine 11 ans et déjà proposent leurs services sexuels ! La première fois que cela m'est arrivé, je me suis tenu la tête. Je ne comprends pas. Ensuite, j'ai compris que la misère sociale peut pousser certaines filles très tôt vers la prostitution facile. Certaines me racontent qu'elles couchent pour un téléphone portable qui vaut à peine 15 mille francs Cfa. Quand je pense que ma mère me donne, chaque semaine, 15 mille francs d'argent de poche, alors même qu'elle me dépose au lycée tous les matins… Le corps de certaines filles ne vaut pas très cher.

Le Bac, il faut que je le décroche. L'an prochain, je serai aux STATES, sinon rien. Mes parents ont déjà pris toutes leurs dispositions. Je vais y retrouver mes grandes sœur Noémie et Johanna qui y sont depuis deux ans.

Avec une maman ingénieure en pétrole chez Total Gabon et un papa magistrat, président du tribunal de grande instance, ça vous fait une belle vie et des chances de réussites colossales. Là, en parlant comme ça, je reprends le discours de ma mère. Elle nous répète depuis notre premier jour à l'école :

« Je suis née d'un père et d'une mère analphabètes. Mon père plantait du manioc dans son village et ma mère venait le vendre en ville pour nous faire vivre. Alors, vous qui avez des céréales au petit-déjeuner chaque jour, vous avez intérêt à réussir et à faire mieux que moi. »

A cela, papa rit toujours en répliquant :

« Je suis né d'un père médecin et d'une mère professeur d'université. Mes enfants sont forcément brillants. Inutile de leur crier dessus, Madeleine. Ils ont des têtes bien faites ! »

Il est relax, mon père. Ma mère est plus sévère mais je sais comment gérer la relation avec elle. Il faut de bonnes notes et le tour est joué. Je me souviens du jour où, alors que j'étais en classe de 6ème, mon professeur d'EPS l'a convoqué pour lui faire comprendre que j'avais de fabuleuses aptitudes sportives. De là est née en elle l'idée de me faire entrer dans le circuit sportif universitaire aux USA. Elle voit toujours tout en grand et à donc envoyé mes grandes sœurs en éclaireuses à New York.

Pour moi, tout es tracé et le Bac, il me le faut. Et je l'aurai.

Je file vers le portail de l'école. Marysa, ma petite amie m'attend au P'tit Kawa, ce café au bord de mer. Il me faut trouver un taxi pour l'y rejoindre. Je suis là, tout pressé d'atteindre le portail, quand quelqu'un m'appelle dans mon dos. Je me retourne et remarque Walter Atanga qui arrive en courant. Qu'est ce qu'il me veut, ce croulant-là ! S'il pense que je vais le prendre dans mon groupe de travail en philosophie, il peut faire une croix dessus. Je n'ai jamais vu un type aussi bête ! Je suppose que cela le rassure d'être en classe tous les jours malgré les années qui s'empilent sur ses épaules et les alourdissent.

Il m'approche essoufflé et me dit :

- Man, tu marches vite ! Où cours-tu ainsi ?

- Mec, qu'est-ce que tu veux ? Je suis pressé. Magne-toi !

- Voilà, voilà ! En fait, je voulais savoir si tu peux me lâcher les do' (argent), man !

- Est-ce que je ressemble à une banque !?

Je n'en reviens pas que ce type ait le courage de me demander ce genre de choses !

- Dis-moi si je ressemble à une banque ?

Man ! Aide le frangin s'il te plait. Les autres m'ont mis au défi de faire tomber la prof de français. T'as vu son cul, man ! Je suis sûr que je n'en dormirai pas. Il faut que je la baise celle-là ! Une fois qu'elle m'aura sucé, elle en redemandera.

Je ne sais pas pourquoi, d'un coup, mes poils se hérissent. J'ai un instant d'hésitation avant de lui dire prestement :

« Je n'en ai rien à foutre de tes conneries, Atanga ! Fous-moi le camp ! »

« Hey man ! Ce n'est pas ma faute si tu es puceau. Les choses des grands te dépassent ? Je te donne des cours si tu veux !, man, ce ne sont pas les petites blanches que tu bécotes sur la joue qui t'apprendront les bonne choses. Si tu veux, je te place une bonne petite du côté de Bac Aviation. Elle va te travailler comme un malade. A la fin, il te faudra trois jours pour t'en remettre. C'est une suceuse hors pair ! J'adore les suceuses ! »

« Atanga ! Ta vie n'intéresse personne. Je n'ai que mille francs à te lâcher ! »

« Je vais où avec mille francs, man ! Le nganga me demandera au moins 25 mille ! »

42

« A la bonne heure ! Le temps que tu les trouves, tu seras peut-être devenu plus intelligent ! Je te signale que ce n'est pas en baisant la prof que tu amélioreras tes notes en classe. Et le Bac ça ne blague pas ! »

« Je me fous de mes notes en classe ! Je te dis que c'est un défi à relever. »

« Tiens ! Prends ces deux mille francs et fous-moi la paix. »

Il s'en va et je continue ma route tranquillement en essayant d'oublier ses foutaises. Pourtant, chacun de ses mots me restent en tête. Il veut se la faire… Il veut se taper la prof de français. Ces mots tournent dans ma tête.

Il est midi. Un soleil de plomb agresse nos têtes. Et moi, je pense à cette prof. Pourquoi ? En quoi les plans de cet imbécile de Walter Atanga me dérangent-ils ?

Une voix au fond de moi me dit que je devrais m'en préoccuper car Walter n'est pas le seul intéressé par l'affaire. Les autres mecs de la classe sont sur les rangs, prêts à tout pour épater les autres ! Combien miseront le tout pour le tout pour avoir cette prof ?

Réfléchir dessus me met tellement mal à l'aise que je suis obligé de m'arrêter un instant. Et oops ! Je marche sur un pied sans m'en rendre.

- Oh ! Désolé. Je n'ai pas fait attention.

-oh ! Je comprends. Y a pas de mal. Regardez devant vous quand vous marchez, jeune homme.

Cette voix ! Je lève le regard et tombe sur le sourire de madame la prof de français.

- Madame Inanga ! Je... Je... Vous avez donné un cours dans ma classe ce matin.

- Oui ! Et alors ?

- Alors, rien... Je... Euh ! Laissez-moi vous aider à porter tout cela. Avez-vous une voiture ?

- En effet. Mais laissez-donc mon cartable, jeune homme. Je n'ai pas besoin d'aide pour le porter. Et vous, faites attention à ne plus marcher sur les pieds des femmes.

Je la regarde et comme un imbécile, envoûté par son parfum pourtant discret, je lui dis :

- Votre époux est assurément le plus heureux des hommes !

Elle se retourne sur moi et me dit :

- Comment vous appelez-vous, jeune homme. »

- Alexandre Bengault ! Alex pour les intimes.

- Alex ! Prenez ce roman. Nous sommes mercredi. Disons que je vous interrogerai dessus, vendredi matin. Au plaisir ! fait-elle en s'en allant.

Voilà comment je me retrouve avec le roman LA PESTE, de Camus, dans les mains. J'observe le fessier de cette professeur qui, je le trouve, a beaucoup de cran. Je me dis alors : « Combien de temps faudra-t-il pour que ces imbéciles fassent tomber ton armure et te mettent le grappin dessus ?

Quelque chose fait tic tac au fond de moi. J'ai comme un malaise. Pourtant, il me faut courir au rendez-vous avec ma petite amie Marysa, devant le portail du lycée français. Du regard, je suis la prof qui s'en va vers sa voiture. C'est une Toyota Rav 4. Elle en déverrouille les portières, range son cartable à l'arrière et s'installe derrière le volant. Elle s'en va et mon regard suit le véhicule qui évolue et disparait au loin.

Je suis le même rituel le lendemain. Dans un coin à midi, j'attends planqué pour la voir passer et attend que son véhicule démarre.

Le vendredi, je suis interrogé devant toute la classe. Je n'ai pas eu besoin de lire le roman de Camus car Marysa l'a déjà lu et m'a briefé dessus. Sous les sifflements, je termine cette interrogation orale et revient à ma place. J'obverse la prof que je trouve plutôt épatante. Elle a une voix douce quand elle s'adresse à quelqu'un en particulier. Sa voix se fait plus imposante, plus forte quand elle s'adresse à la classe.

Je commence à être fasciné par le personnage...

A la sortie du cours à midi, je la suis du regard. Je l'observe qui monte dans son véhicule. Je la regarde partir.

Le week-end me parait tellement long que j'en viens à me trouver ridicule. Depuis quand ai-je été aussi impatient d'être à lundi ? Oui, depuis quand est-ce si excitant d'aller en classe ?

Lundi, premier cours à 7h 30 avec madame Daisy Inanga, ma prof la plus...sexy de tout le lycée. Et je pèse mes mots.

Je ne sais pas ce qui me prend de penser à elle en ces termes mais cela me met en joie de pouvoir la regarder, tranquillement, discrètement pendant le cours.

En rentrant à la maison, je tourne en rond dans ma chambre pendant longtemps, me demandant comment approcher la prof. Les idées ne sont plus tout à fait en ordre dans ma tête. Il s'y passe des choses. Approcher la prof... c'est l'objectif. Pourquoi ?

Je ne saurais le dire. Et Marysa ? Je l'ai zappée pendant tout le week-end.

Dans ma tête, une image s'impose : le visage placide de cette prof.

Qu'est ce qui ne va pas ? Qu'est ce qui ne va pas ?

Pas de réponse...

Pendant le cours de maths cet après-midi, les gars autour de moi détaillent les courbes de la prof qui aujourd'hui a osé mettre un pantalon.

« Je vous dis que dans une semaine, je la descends ! Vous avez vu ses lèvres !? Imaginer ce qu'elles feront à ma baguette magique ! », lance Mathurin.

« Tu es une grande gueule, Mathurin. On veut des actes ! Un homme ne parle pas, il agit ! », lance Steeve.

« Je vous dis que cette femme-là, je vais me la faire, dès demain ! », lance Walter ! Mon nganga m'a dit de passer aux aurores demain. Il m'a préparé un de ses fétiches ! Il m'a dit que la femme qui me gouttera ne pourra plus se passer de moi. Alors, dès demain soir, moi j'attaque ! »

Je sors alors de la classe en prétextant vouloir vomir. Le professeur me laisse libre d'y aller. Je reste dehors pendant un long quart d'heure, adossé contre un mur, sans trop savoir ce qui ne va pas à l'intérieur de moi.

Quand arrive la fin des cours, à 17 heures, je m'engouffre dans un taxi. Au lieu de rentrer à la maison, je vais au centre-ville. Là, j'entre dans la boutique de l'unique fleuriste de la ville et commande trois roses rouges. L'on m'emballe le tout et je range ce précieux cadeau dans mon sac. Je compte garder ces roses et les offrir demain, discrètement à la prof. Enfin, il faudra trouver le bon timing.

A l'approche des fêtes de Noël, la ville se pare de milles et une décoration. Les vitrines sont belles et les magasins bien achalandés. Je décide d'aller me perdre au supermarché Score. Dans les rayons proposant une pléthore de boites de chocolat, je manque d'envoyer mon coude dans la poitrine de quelqu'un. Je me confonds alors en excuses.

- Je suis vraiment désolé…Je…

Le visage qui me regarde est celui qui hante mon cerveau depuis quelques jours.

- Comme on se retrouve, Alex Bengault ! Avez-vous une dent contre moi ? Vous comptiez me refaire le portrait, ou quoi ?, me lance t-elle.

Du tac au tac, je lui réponds :

-Je préfèrerais embrasser cette belle poitrine plutôt que l'amocher. Vous a-t-on déjà dit que vous êtes extrêmement séduisante, madame Inanga ?

Elle secoue simplement les épaules et passe son chemin. Dès ce moment, je décide de la suivre à distance.

Elle passe à la caisse et paie pour les produits frais qu'elle a achetés. Ensuite, c'est à pieds qu'elle fait le chemin jusque chez elle avec juste un sachet pas très lourd à porter. Je m'approche et lui prends le sachet des mains. Je m'impose en lui demandant dans quel quartier elle se rend.

- Laissez-moi vous payer le taxi pour m'excuser, lui dis-je.

Elle se garde de sourire et me dit :

- Jusqu'à preuve du contraire, jeune homme, vous ne travaillez pas. Alors, évitez d'en faire trop.

- Ce n'et qu'un taxi, madame. C'est juste 500 francs cfa. Je peux me les permettre, n'est ce pas ?

Elle ne sourit pas, me regarde et me dit :

- Je préfère marcher. C'est ce que je fais tous les soirs depuis que je vis à Port-Gentil.

- Dans ce cas, marchons ensemble ! Je suis d'agréable compagnie, lui dis-je en gardant dans mes mains, le sac en plastique contenant ses courses.

Nous avançons et je ne sais pas comment elle en arrive à me confier qu'elle ne connait pas la ville et qu'elle a très peu d'amis ici. Nous arrivons enfin vers le feu rouge de Total, traversons la rue et continuons vers un coin tranquille, à l'écart de la rue principale. Arrivé devant le petit immeuble de deux étages dans lequel elle vit, elle se tourne et me dit simplement merci en ajoutant :

- Bonne soirée !

Je reste bouche-bée en la voyant évoluer de l'autre côté du portail et lui dis :

- Demain, je serai là. Nous marcherons ensemble.

- Rentrez chez vous, jeune homme ! Vous avez des cours à réviser. Le baccalauréat ne se gagnera pas en marchant avec un professeur.

Pourtant, le lendemain, je suis devant son portail à 17h 30. J'entre et reste planté dans le hall car rien ne m'indique quel appartement elle occupe. Je monte à l'étage, cogne à une porte. Une jeune dame m'ouvre. Je lui demande le plus simplement du monde :

- Pourriez-vous remettre ce livre à madame Inanga, s'il vous plait ? Elle me l'a prêté et j'en ai fini la lecture !

Là, elle se retourne simplement et lance en criant :

-Daisy ! Tu as de la visite.

Heureusement que j'ai pris la peine d'enlever mon uniforme du lycée. C'est vêtu d'un polo bleu ciel et d'un jean que j'entre dans cet appartement. La copine du prof s'en va en refermant la porte derrière elle. La femme qui s'approche de moi est différente de celle que je vois en classe depuis quelques jours. Elle me regarde intriguée. Je ne perds pas de temps. Bravant la peur qui m'étreint et l'incertitude qui se saisit de mon esprit, je fais deux pas vers elle, plante mon regard dans le sien et sans crier gare, pose mes lèvres sur les siennes !

La gifle qui m'atterrit sur la joue est retentissante. Cela ne calme en rien mes ardeurs. Je me reprends, souris avant de lui dire :

- Cela fait des jours que je rêve de savoir quel est le gout de ces lèvres !

- Tu es complètement fou Alex Bengault !, lance-t-elle en laissant le vouvoiement de côté ! Sors de chez moi.

Je reste là, commence à tourner autour d'elle et lui dis :

- Mes notes en français ne sont pas terribles. Ma mère estime que j'ai besoin de cours de soutien pour être prêt pour le Bac. Je lui ai suggéré de vous prendre comme professeur particulier.

- Je ne donne pas de cours particuliers, me répond-t-elle. Sors de chez moi.

- Impossible. J'aimerais bien partir mais mon cerveau me demande de rester.

Je joue sur le fait qu'elle n'a pas vraiment « d'armes » pour me résister. Alors, je la déshabille du regard en scrutant chaque partie de son corps. A voix haute, je lui dis tout ce que j'aimerais faire avec mes lèvres si je pouvais les poser sur elle. Une seconde gifle m'atterrit sur une joue. Alors, je la saisis par le bras et butine le creux de sa main droite avant de lui dire :

- Je deviens complètement maboul quand vous êtes à proximité, madame ! Savez-vous l'effet que vous me faites ?

- Tu ferais mieux de sortir avant que je n'appelle mon voisin.

- Je lui dirai qu'il perd son temps à me mettre dehors, car je serai là demain.

Mon regard reste posé sur ses lèvres que j'ai envie d'avaler là, maintenant. Alors, je décide de tenter le tout pour le tout et sors de mon sac les trois roses achetées hier.

- Je les ai achetées hier et les ai gardées précieusement. Elles sont pour vous.

- Tes complètement fou, Alex. Je ne vais sûrement pas accepter ces roses ! Sais-tu ce que je risque si quelqu'un te voit ici ?

- Savez-vous le calvaire que je vis chaque nuit depuis que je vous ai vue ? Je ne dors plus. Votre image hante mes nuits. Dans mes rêves, je dessine chacune de vos courbes et votre voix me sert de berceuse. Qui se repasse de mémoire un cours de français pour s'endormir ?

- Un fou !

- C'est ça ! Je suis fou. Fou de vous, fais-je, me retrouvant à quelques centimètres d'elle.

Je lui pose un baiser dan le cou. Elle frissonne et me repousse en disant :

- J'appelle mon voisin.

- Et qui appellerez-vous quand vous vous serez rendu compte que je suis capable de vous faire fondre ?

Elle est de taille moyenne, fine, la peau métisse couleur caramel, de longs cheveux lui tombent sur les épaules. Cela trahit un métissage que je lui demanderai plus tard. Elle a un visage qui capte la lumière, des lèvres prodigieusement dessinés et pulpeuses, des yeux en amande.

- Je vous trouve magnifique et cela, vous ne pourrez m'empêcher de vous le dire.

- DEHORS !me crie-t-elle.

Je m'exécute sans plus insister.

Une semaine durant, je passe par chez elle en rentrant des cours. Je dépose un bouquet composé de 3 roses de couleur différentes, je glisse un petit mot sous la porte. Je lui écris et lui parle de mon cœur qui est devenu complètement idiot. De ms rêves, qui sont peuplées d'elle. De son visage qui s'impose à moi au réveil. Je lui déclare ma flamme, simplement. Parce que je n'arrive plus à tenir la main à Marysa, sans penser à elle. Parce que je n'arrive plus à embrasser Marysa, sans penser à ma prof. Parce que hier, lorsque Marysa m'a envoyé un sms en me disant que ses parents sont absents et qu'on pourra faire l'amour tranquillement, j'ai zappé le rendez-vous en disant que j'avais entrainement.

Pourtant, à l'entrainement, je ne suis pas allé. J'ai campé dans la rue, à côté de chez madame Inanga, en me disant « j'y vais ou j'y vais pas ? »

Des jours sans dormir. Des jours oubliant de manger. Une semaine à tergiverser. Une semaine à éviter de poser mon regard sur elle en classe.

Cette nuit, alors que madame Inanga nous a annoncé la fin de son intérim dans notre classe et que cet imbécile de Walter Atanga a décidé qu'il frappera demain, j'appelle mon cousin Danger (à prononcer à l'américaine). Danger a été baptisé Pascal à sa naissance. Il a changé de nom en devenant l'un des meilleurs basketteurs de Port-Gentil. Il a 23 ans et étudie à Cape Town. C'est lui qui m'a coachée pour ma première expérience sexuelle, il y a 3 ans, avec Rita. Il m'a tout appris. Comment ? En me jetant dans sa chambre avec une de ces « amies ». Un après-midi durant, elle m'a appris beaucoup de choses sur l'anatomie féminine. Elle m'a permis de toucher, caresser gouter. Elle rigolait devant mon inexpérience et m'encourageait. Elle a « réveillé » mon corps et m'a permis d'atteindre le nirvana, s'amusant au passage de me voir confus face à son sexe qu'elle m'offrait sans pudeur. Une semaine de pratique quotidienne avec l'« amie » de Danger et je partais à l'assaut du mont Plaisir de Rita, qui avait 2 ans de plus que moi.

Il répond au bout de cinq sonneries. Je lui fais un tour d'horizon sur ma situation, appuyant sur le fait que cette personne spéciale dont je ne lui donne pas le nom, je l'ai dans la peau.

- Man, il faut que tu me donnes quelques ficelles. C'est vraiment un gros morceau et je n'ai pas envie de me rater. Il me la faut. Mon cœur devient maboul chaque fois qu'elle est dans les parages, lui dis-je.

- Ah s'il s'agit du cœur, c'est que c'est grave. Tu connais déjà les bases, ça il n'y a pas de problèmes. Mais comme tu m'as dit qu'elle est plus vieille, je ne te donne qu'une seule piste : demande-lui d'être ton prof et ça ira tranquille, tu verras. Tu progresseras en un rien de temps. Je sais que tu as toujours été un bon élève, alors observe là, écoute-la et tu sauras comment gérer cette relation.
- Man, c'est ma prof de français!
- Frangin ! Raison de plus pour te mettre à la musique française que tu détestes tant. Je ne te parle pas de Maitre Gims mais plutôt des vieux. Tu sais Goldman ou Francis Cabrel. Ils chantent bien l'amour. Écoute voir. Tu seras inspiré. Et c'est sûrement des trucs qu'elle écoutait ou entendait quand elle était au lycée.
- Ce n'est pas une vieille, tu sais, lui dis-je.
- Peu importe. Ne fais pas le beau en montrant que tu maitrises l'affaire. Laisse là jouer au professeur en te donnant une leçon dont tu ne parleras à

personne. Le genre de leçon que les grands nous donnaient en nous permettant de lire toutes leurs BD cochonnes enfermés dans leur chambre.
- Je vois ! Je comprends. Souhaite-moi bonne chance.
- Tu n'en as pas besoin frangin, tu es un tchatcheur. Fonce! Ne réfléchis pas.

Rasséréné par cette discussion, je vais prendre une douche, m'habille ensuite. Je porte un boxer dont je m'assure que les couleurs sont encore intactes, je mets un jean et enfile un polo de couleur rose. Je prends mon sac de sport pour faire croire à ma mère que je vais à mon entrainement de sport. Il est 17h quand je m'engouffre dans un taxi après avoir dit à ma sœur Léonne que je vais aux entrainements. En fait, le coach est malade cette semaine. Pas d'entrainements mais les gars se retrouvent pour la forme. J'arrive chez madame Inanga en taxi, une dizaine de minutes plus tard. Je passe le petit portail qui n'est pas verrouillé. Des feuilles de manguier jonchent la pelouse qui décore le petit jardin de devant. J'avance vers la porte du bâtiment. Confiant, je monte les marches d'escalier en intimant à mon cœur de cesser de battre la mesure. Un peu plus et on dirait que je suis batteur dans un groupe de rock! J'arrive devant la porte de son appartement, cogne à la porte et attends. Quand la porte s'ouvre, je me retrouve face à son amie de la dernière fois. Elle me toise des pieds à la tête puis se retourne et crie

en direction de l'intérieur de l'appartement : Daisy, ton neveu est arrivé. Je te laisse.
Elle reporte son attention sur moi et me dit:
- Tu mets autant de parfum pour un simple cours particuliers ??? C'est ton Bac que tu veux décrocher ou des mouches que tu veux tuer ?

Je ne relève pas et me contente de rester focalisé sur mon objectif. La porte refermée à clé derrière moi, j'avance dans l'appartement quand j'entends madame Inanga crier depuis la cuisine :

- Installe-toi, Justin. J'arrive dans un instant. Martin m'a dit que tu as eu 4 à ton dernier devoir sur table ?

Je comprends qu'elle attend quelqu'un d'autre mais cela ne m'arrête pas dans mon élan. Je regarde la pièce et apprécie la déco intérieure. Mon cœur continue de battre la chamade mais mon esprit est assez fort pour me permettre de garder mon sang froid. Quand elle arrive, elle est vêtue d'une longue africaine, un kaba, qui ne laisse aucune place à l'imagination car toutes les parties intéressantes de son corps sont couvertes.

- Que fais-tu là, Alex Bengault ? Qui t'a laissé entrer ? C'est quoi cette habitude que tu as de t'introduire chez moi comme si tu étais dans un moulin !!! Sors d'ici. J'attends le fils d'un ami, pour un cours de rattrapage.

Je la regarde et sans rien lui dire, j'approche, me débarrasse de mon polo et me retrouve torse nu. Elle ouvre la bouche, surprise. Elle rougit puis trouve assez de souffle pour me dire :

- Te rends-tu compte de ce que tu fais là ?

- Je m'en rends compte !, fais-je en laissant tomber mon jean au niveau de mes chevilles. Mon cœur cogne tellement dans ma poitrine, que j'en deviens fou.

Je suis maintenant en oxer. Inutile de dire que le membre qui s'y cache est tendu, nerveux. Jusqu'à quand tiendra-t-il ?

- Tu as fait un pari avec tes camarades de classe, c'est ça ? Qu'est-ce que tu gagnes après avoir démonté une prof, comme vous dites ? Raconte.

Je ne dis rien, avance vers elle, alors qu'elle recule. J'avance. Elle continue de reculer. Bientôt, elle se retrouve contre un mur. Je suis là, devant elle. Je place mes deux bras au-dessus de sa tête, contre le mur et lui murmure :

- Je suis un homme, madame.

Le baiser que je dépose sur son oreille gauche, est léger. De nouveau, je lui répète

- Je suis un homme. Prouve-moi le contraire si ce n'est pas le cas.

Je prends l'une de ses mains et la pose sur mon sexe en érection, emprisonné dans ce boxer qui ne tiendra décidemment pas le coup. Elle ne réagit plus. Je peux simplement voir comment la coloration de son visage est passée au rouge.

Je m'empare de nouveau de sa main et là, je pousse l'audace à l'introduire dans mon boxer. Elle manque d'étouffer alors que je garde mes yeux plantés dans les siens. Bientôt, elle retrouve un peu de sérénité et me dit dans un ton qui se veut ferme :

- J'ai vu la marchandise, je l'ai touchée. Il n'y a rien de renversant. Maintenant, si tu veux bien t'en aller. Mon neveu va arriver pour son cours.

Je ne me laisse pas faire, m'éloigne, me débarrasse de mon boxer que j'envoie valser sur le canapé. Je lui dis :

- Je suis venu pour une leçon interdite. Je reste là.

- Tu es fou, Alex Bengault. Si tu crois que je mettrai ma réputation en péril pour une partie de sexe avec un enfant, tu te trompes royalement. Si tu es ici parce qu'il faut épater tes camarades de classe, dis-toi que tu as perdu ton pari. Sors d'ici et va faire ton strip-tease ailleurs.

La sonnerie à la porte retentit. J'enlève mes baskets et vais vers le couloir des chambres, en chaussettes. Elle me suit affolée en tenant mes baskets dans ses mains. Elle me dit tout bas :

- Habille-toi et sors d'ici.

C'est tout nu que je vais vers la porte. Je feins de poser la main sur la clé accrochée à la serrure. De nouveau, complètement paniquée, elle me tape sur le bras et me dis :

- Tu es malade ! Tu veux que tout le monde te voie ? Qu'est ce qui ne va pas ?

Je me baisse vers son oreille gauche et lui dit :

- Je ne sortirai pas d'ici.

Là, c'est d'un air catastrophé qu'elle me regarde repartir vers sa chambre. J'arrive là et m'installe sur le lit, couché sur le dos. Elle n'en croit pas ses yeux mais est obligée d'agir rapidement. Elle va dans le salon ramasser mon sac et mes vêtements et viens me les balancer sur le lit avant de refermer la porte de sa chambre à clé et de m'abandonner là.

****

Une heure plus tard, j'ai dit au revoir au neveu de Martin après son cours de rattrapage. J'ai fermée la porte d'entrée à clé. Je suis venue vers ma chambre. Devant la porte, j'ai fait une petite prière en demandant au ciel de m'aider. Je me suis demandée pourquoi aucun feu stop ne s'est allumé dans ma tête lorsque mon regard s'est posé sur le corps nu de ce jeune homme. Je me suis demandé pourquoi aucune barrière mentale ne s'est imposée à moi quand ma main a atterri sur son membre viril. Pourquoi n'ai-je pas eu la sensation d'avoir un enfant face à moi ? A cet instant, je sais que je ne peux plus avoir confiance en mon jugement. Je sais aussi que certains de mes sentiments sont biaisés. Mon corps a réagi violemment au contact de ma main sur ce sexe. Mes sens étaient en émoi, en voyant ce torse nu tout à l'heure. Et mon esprit a jubilé chaque fois qu'en rentrant le soir après les cours, j'ai retrouvé ses fleurs et ces petits mots glissés sous ma porte.

J'ai beau me demander ce qui ne va pas, je n'obtiens aucune réponse. Vais-je longtemps rester statique devant cette porte ???

Je respire profondément, ouvre la porte et au moment où je m'apprête à lui dire de foutre le camp de chez moi, je constate que monsieur a apprêté le lit en y jetant des pétales de roses. Il est assis sur une chaise dans le coin et tiens un livre en main. Dès qu'il me voit, il se lève, se saisit de son téléphone, mets de la musique et me dit :

- Chut ! Je ne veux rien entendre. Il n'y a pas d'enfant dans cette chambre. Juste un homme et une femme. Je ne partirai pas d'ici sans avoir eu de leçon.

Il s'approche de moi. Chacun de ses pas me permet de scruter sn corps. Il est musclé, sportif. Il a de quoi faire rêver. Je le trouve beau et cela ne me dérange pas de l'admirer.

- Vous aimez ce que vous voyez ?, me demande t-il, en posant un baiser à la base de mon coup.

Qu'est-ce qui ne va pas ? m'interroge ma tête. Qu'est ce qui ne va pas, Daisy ? C'est ton élève !

L'élève se met sur ses genoux, passe la tête sous ma longue robe et commence à visiter mon corps en y déposant des baisers sur les jambes, les genoux, les cuisses, le ventre. Tout y passe. Et quand de ses deux mains, il baisse mon string et mordille mon pubis, le vide se fait dans mon esprit. Et c'est d'une voix faible, inaudible, que je lui dis :

- Arrête ! On ne devrait pas. Je...

Ma voix s'éteint d'un coup avant de se transformer en râle au moment où les deux mains de cet « enfant », s'empare de chacun de mes mamelons, et se met à en taquiner les pintes tout en sifflotant tout doucement.

Par magie, ma robe se retrouve par terre et mes lèvres sont emprisonnées par le baiser de cet Alex, que je ne sais plus qualifier. Je fais un pas en arrière, arrive à lui échapper et sors rapidement de la chambre. Je vais m'enfermer dans la douche. Assise contre la porte, j'essaie de retrouver toute contenance.

A travers la porte, j'entends alors une voix me demander si tout va bien.

- Oui !, parviens-je à dire.

Puis, c'est le silence qui prend le relais.

Je reste là enfermée ce qui semble une éternité. Je parviens à me calmer et m'endors même adossée à cette porte. Quand je me réveille bien plus tard, je sors de la douche et remarque que tout est éteint dans la maison. J'avance vers la chambre, ouvre la porte, mets la lumière en marche. Il n'y a personne. Je respire un grand coup, vais dans le salon, puis regarde dans la cuisine avant de comprendre qu'il est parti.

Je reviens dans le salon et vais troquer la serviette que je porte contre ma robe qu'il a pris le soin de poser délicatement sur le lit. Je m'habille puis remarque la feuille de papier posé sur l'oreiller. Dessus est écrit :

Il n'y a pas de paris entre mecs derrière tout ça.

Il y a juste de l'amour.

J'ai le souffle coupé à chaque fois que vous apparaissez, madame.

Je vous aime.

Pouvez-vous l'accepter une fois pour toute ?

Je suis un homme.

Vous êtes une femme.

Je ne lâcherai pas prise.

Courrez si vous voulez me fuir.

Bonne nuit.

Alex.

Je m'endors simplement, en oubliant de manger, en position fœtale en priant que l'ouragan qui menace en moi se décide à changer de voie. C'est un élève, me dis-je...

Deux jours plus tard. Dernier jour de classe. Demain c'est Noël. Je prends l'avion le matin pour Libreville, histoire de passer Noël en famille. Aujourd'hui, il y a réunion pédagogique avec tout le corps professoral. Nous passons en revue les résultats classe par classe. Nous parlons des difficultés rencontrées pendant le trimestre. Puis, la réunion est levée. L'on se souhaite de bonnes vacances. Chacun prend son chemin.

Je marche vers ma voiture en discutant avec Salomé, une prof de sciences physiques. Comme la pluie menace d'éclater sous peu, je lui propose de la déposer au carrefour printemps, puis rentre tranquillement chez moi. Je gare ma voiture dans l'arrière cour car l'unique place à l'avant est déjà occupée. Déjà, quelques gouttes de pluie se font sentir. Je monte l'escalier tranquillement. J'entends de la musique s'échapper de l'appartement de ma voisine Lucille. Elle a sûrement de la visite. J'arrive à mon étage et retrouve Alex qui m'attend devant la porte. Un reflexe idiot me pousse à rebrousser chemin vers l'extérieur. Il me suit et quand j'arrive en bas, le ciel crache son venin de façon fort sonore. Je regarde la pluie qui s'abat sur la ville, je me retourne et vois Alex, les jambes et les bras croisées, qui me regarde du haut de la première marche d'escalier. Juste une dizaine de mètres nous sépare. Il a le visage grave, ne sourit pas, attend... Qu'attend t-il ? Je ne saurais le dire. Ni dire la bêtise qui me pousse à laisser mon cartable là au pied de l'escalier et à sortir sous la pluie.

Je cours vers ma voiture. Il me rejoint en vitesse, me rattrape. Me plaque contre la voiture. Il malaxe mes seins à travers ma robe toute trempée, il m'embrasse, sauvagement, avec une force et une envie mélangées. Je suis sa proie. Impossible de bouger. Impossible de m'enfuir. Alors, je cède à la force et la fièvre de ce baiser qui me fait définitivement sa prisonnière. Qui aurait idée de regarder par la fenêtre alors qu'il pleut ? Personne, j'ose l'espérer.

- Pas ici. Les voisins peuvent nous voir.

Il ne m'écoute pas et déjà dégrafe mes boutons à l'avant de ma robe. Je suis perdue si je le laisse faire.

- Montons, je t'en prie. Pas ici. On pourrait nous voir.

C'est par dépit qu'il se détache de moi et me suis alors que je reviens à l'intérieur de la maison. Il prend mon cartable, monte les marches avec dextérité. Et j'arrive derrière lui. J'ouvre la porte. Il la referme aussitôt et place sa main sur ses lèvres pour me faire comprendre qu'il ne veut entendre aucun bavardage.

- Je suis ton esclave ce soir. Apprends-moi à t'aimer. Guide-moi.

Plus de vouvoiement. C'est un homme décidé que j'ai face à moi.

Je décide de ne plus me poser de question et de simplement assouvir l'intense besoin que j'ai de me voir aimée et appréciée par cet homme face à moi. La musique qu'il met dans son téléphone aide à me débrider et je le débarrasse de son polo, commence à l'embrasser sur le poitrine tout en caressant son dos. Il m'encourage en gémissant, en murmurant mon prénom.

J'accentue mes mouvements et descends vers le sud à la rechercher de son instrument de plaisir. Il m'aide en faisant tomber son pantalon, tout en me complimentant. Il me trouve jolie, je finis par le savoir. Il a rêvé de mes mains sur son corps pendant toute la nuit dernière, je l'apprends. Maintenant, ces mains se fendent dans son boxer, en sortent sa verge. Et la caresse.

Je m'accroupis...

- Seigneur ! dit-il dans un râle alors que ma bouche s'empare de son sexe, l'embrasse, le cajole, le suce, s'en délecte. Est-ce seulement possible que j'en sois là ? Est-ce vraiment moi ?

Il a une bite aussi bien proportionnée que le reste de son corps. Ce corps qui me fait jouir par anticipation car je sais qu'il sera une douce friandise que je m'enverrai ce soir à la place du diner. Plus d'inhibition. Je penserai aux conséquences plus tard.

Ses deux mains se posent à l'arrière de ma tête et m'indique le mouvement et l'intensité avec laquelle sucer ce membre qui s'apparente à un cornet de glace au chocolat. J'adore le chocolat !

- Oooh ! Daisy ! Oooh, ma douce ! Ooooh bébé !

Je sors ce sexe de ma bouche, entreprends de lécher, sucer, avaler, m'amuser avec ses testicules. Et là, il m'avoue :

- Tu me rends complètement maboul...

Il me repousse lentement, me soulève dans ses bras, me transporte jusque dans la chambre. Là, il me pose sur le lit et me murmure :

- Laisse-moi t'aimer.

J'ai assez d'aplomb pour lui dire :

- Je pensais que la prof c'était moi.

Il sourit, m'arrache un baiser avant de me dire :

- Comme tu voudras, madame. Je sais être un élève sage, pourvu que le cours m'intéresse.

Je lui souris, le renverse sur le lit. Il me regarde droit dans les yeux puis m'aide à me débarrasser de ma robe. Quand je finis par libérer mes seins en jetant mon soutien-gorge par terre, il manque de s'étouffer et me dit :

- Tu es une merveille, Daisy ! C'est tout comme je l'avais rêvé.

- Ce n'est que l'introduction. Le corps du devoir devrait te plaire tout autant.

Je me lève, fais descendre lestement mon string sur mes jambes tout en le regardant. Il se délecte du spectacle et son sexe se dresse à la simple expectative du spectacle à venir.

Je me baisse après avoir lâché mes longues tresses, dont j'use comme d'un instrument de massage en les laissant défiler sur tout son corps. J'appuie les caresses en l'embrassant, dans le cou, sur la poitrine, dans le ventre. Je remonte, fait danser mes seins au-dessus de son visage, chatouillant son front, son nez, ses lèvres. De ses mains, il prend mes deux seins, les taquine de sa bouche et me dit :

- J'adore ce cours.

Je souris en retour. Je ne me souviens pas de la dernière fois que je me suis sentie aussi bien. Tout ce que je sais, c'est que le stress est descendu et que plus aucune question ne sème la confusion dans mon esprit.

La musique s'arrête mais nous savons y remédier en laissant nos corps en jouer. J'embrasse et suce ses tétons, l'embrasse sous les aisselles et tire de lui des grognements qui me font comprendre qu'il adore cela. Quand de nouveau ma bouche vient butiner son nombril, il est au supplice et son membre viril, dressé et au garde à vous, ne demande qu'à être dorloté. De nouveau, je le prends en bouche, joue de l'accordéon avec, jusqu'à ce qu'il soit tellement énervé au point de prendre le relais. Alex se libère, me retourne, sur le lit, se lève pour aller chercher un préservatif dans son sac au salon. Quand il revient en déchirant l'enveloppe de la capote, je la lui prends délicatement la lui enfile, l'invite à se recoucher sur le dos. Je m'installe sur sa virilité toute offerte et la chevauchée fantastique débute.

- Oooh, Daisy ! Ooooh bébé ! Oooh comme tu es bonne.

Je redouble d'ardeur alors qu'il m'accompagne dans cette danse en remuant ses reins, impulsant ainsi vigueur et rapidité dans cette course vers le plaisir.

La dernière fois que j'ai fait l'amour ? C'était deux jours avant mon retour au Gabon. Je disais au revoir à

Vincent, mon frenchie de petit ami du moment. Il s'envolait pour les USA alors que je rentrais chez moi. Max est revenu se greffer à ma vie mais il ne tolère pas le sexe avant le mariage. Sa religion le lui interdit, du moins l'église à laquelle il compte me faire adhérer pour que notre mariage soit sanctifié et prospère...

- Je vais jouir...Ooooooh ! Je jouis ooooh !, crie-t-il

Nos corps enlacés, en fusion, ma tête en arrière, ses mains, sur mes seins auxquels il s'accroche comme à une bouée...et l'explosion de sensations fortes se produit dans ma tête. Et j'appelle le nom de mon nouvel amant, comme une douce prière.

- Alex ! Ooooh Alex.

Je pose ma tête sur son torse et reste ainsi quelques secondes avant qu'il ne me renverse pour se coucher sur moi de tout son long. Des larmes se sont échappées de mes paupières. Par de doux baisers, il les efface, emprisonne de nouveau mes lèvres pour un baiser fougueux. Il finit par me dire :

- Pince-moi pour me prouver que je ne rêve pas ! J'ai bien dans mes bras la femme la plus sexy de tout l'univers ?

- Tu me promets que tu n'en diras rien à personne ? Comment puis-je être sûre que tu n'es pas en train de remporter un pari ?

- Ce n'est pas un pari, je te le promets, me répond-t-il en m'embrassant sur le bout du nez.

Je le serre très fort dans mes bras comme si je voulais figer ce moment, ne pas sortir de ce lit et oublier le monde extérieur.

- Ma petite sœur et moi prenons l'avion demain matin pour nous rendre à Libreville chez notre grand-mère. Je prends le premier vol demain matin, AfricAviation, en direction de Libreville. Je passe Noël en famille.

- Cela veut dire que je vais improviser quelques matchs de basket fictifs pour venir te voir. Je ne pourrai pas passer rien qu'une journée sans te toucher.

- Tu es fou, Alex. Il ne faut pas qu'on nous voit ensemble.

- Je serai discret comme un félin.

- Alors, ça marche. On se verra le 25 dans l'après-midi. Je t'appellerai pour t'indiquer le lieu.

- ça c'est pour après-demain. Mais pour l'instant, laisse-moi passer un coup de fil et je reviens.

Il sort du lit avec son téléphone en main et va dans la douche pour se débarrasser de son préservatif. Je l'entends appeler sa mère pour lui dire qu'il travaille les mathématiques avec un groupe d'amis du lycée français. Son coup de fil terminé, il revient dans le lit d'où je n'ai pas bougé.

- J'aurai mon Bac à la fin de l'année. Et ce jour là, je ne me cacherai pas pour t'embrasser, me dit-il en me regardant droit dans les yeux.

Je suis impressionnée par l'intensité de son regard. Je baisse les yeux et lui dit :

- Tu sais que c'est répréhensible ce que nous faisons. Ça le sera toujours quand tu auras ton Bac.

- Je ne vois pas de raison de me cacher. Je ne comprends pas. Je ne suis pas un enfant, Daisy. Et tu n'es pas si vieille que ça ! J'ai checké ton Facebook, tu sais. Quatre ans de différence. Ce n'est rien. J'aurai 18 ans le 17 mai. Tu en auras 25 le 19 mars. Où est le souci ?

- Légalement, tu n'es pas majeur. La majorité au Gabon, c'est à dix-huit ans.

- Je suis un homme, Daisy. Tu l'as senti il y a un instant.

- Alex !, dis-je sur un ton de reproche.

Il sourit, fourre son visage au milieu de ma poitrine, et y pose un baiser. J'éclate de rire puis lui dis :

- C'est de la folie ! De la folie pure.

- La folie c'est de laisser une jolie femme telle que toi enseigner dans un lycée. Ton dossier aurait dû être directement recalé.

- Tu es fou Alex.

- Ouais, madame Inanga. Tu me rends fou.

Ce 25 décembre à Libreville, j'expédie le repas de famille, de ce midi. Tout mon esprit et mon corps sont tournés vers Alex. Il vient de m'envoyer ce message :

```
J'ai hâte de mourir à nouveau en toi.
Tu me manques.
```

Moi aussi, j'ai hâte de sauter dans la voiture de ma grand-mère et aller dans cette chambre d'hôtel que j'ai réservée pour cet après-midi. Le repas s'éternise, la conversation aussi. Mes frères parlent politique comme si cela pouvait changer l'avenir de ce pays. Ma mère est focalisée sur moi et me demande pourquoi je repousse les avances de Max. Ce dernier est venu lui ouvrir son cœur, me dit-elle.

- Je l'ai invité à diner ce soir, m'annonce-t-elle.

- Laisse Daisy tranquille. Je refuse de la voir aller s'abrutir dans cette église là. Nous sommes catholiques dans cette famille. Ce type n'a qu'à chercher dans son église une épouse qui comprendra sa façon d'agir et de penser, rétorque ma grand-mère.

- Mamie a raison, lance mon frère aîné. J'aurais préféré qu'elle reste avec ce français plutôt que de s'embêter avec monsieur le « pasteur. Qu'est ce qu'il est chiant alors !

- Ma chérie, insiste mamie, es-tu certaine que tu ne peux plus recoller les morceaux avec ce Vincent ? Pourquoi l'as-tu abandonné, d'ailleurs ?

- Mamie ! L'amour ça ne se contrôle pas ! C'est ainsi.

- Je ne comprendrais jamais rien à cette histoire que vous appelez l'amour. Regarde-toi, jeune, jolie, intelligente. Et ton lit est vide le soir. Tu n'as personne pour te prendre dans ses bras quand tu finis le travail. A qui parles-tu de tes soucis en tant que professeur ? Aux murs !

Je regarde ma mamie. Je comprends qu'elle se fait du souci pour moi. Je lui promets alors :

- Tout va bien pour moi, mamie. Je te promets de me trouver un compagnon.

Ma mère pas du tout convaincue me dit :

- Tu es vraiment sûre que tu ne peux pas rappeler cet homme blanc, là ? Vous êtes restée ensemble deux ans. Ce n'est pas une petite affaire !

Là, je lui lance :

- En amour c'est comme ça ! Quand on s'est dit au revoir, on ne revient pas sur sa décision.

- Tu as d'autres règles stupides comme celle-là ?, me demande-t-elle.

Je souffle un instant puis leur dis à tous :

- Vincent n'envisage pas d'avoir des enfants. Il n'en veut pas. C'est aussi simple que ça. Je ne peux vivre sans devenir mère.

- Comment est-ce possible ! s'exclame ma grand-mère. Pas d'enfants ! Ah ça, non !

Il est 14h quand je me glisse dans la Toyota Corolla que conduit le chauffeur de ma mère. J'arrive quelques minutes plus tard dans un appart'hotel baptisé Le Feuillage, et situé dans un coin discret du quartier Okala. Je monte après avoir payé la chambre pour la nuit. Dans le sac de provisions que j'ai apporté, il y a à boire et deux sandwiches que j'ai pris la peine de préparer. Je vais prendre une douche après avoir appelé Alex pour lui indiquer le numéro de la chambre. Il arrive une heure plus tard et me trouve simplement vêtue d'une nuisette. J'ai tellement hâte de me retrouvée retrouver dans ses bras, que je me mets à faire les cent pas pour garder la tête froide. Il me suffit d'une discussion en famille pour que le désordre prenne la place dans mon cerveau. Je ne sais plus quoi penser, même si je m'intime l'ordre de respirer et rester zen…

Lorsqu'il arrive, l'odeur musquée de son déodorant me transporte directement. La réaction de mon corps est très violente quand il m'embrasse. Il a cette façon bien à lui de passer sa main sur mes fesses tout en s'amusant avec mes lèvres. J'en frissonne jusqu'à l'insanité et sans perdre de temps, je le débarrasse de son polo et pose des baisers sur ses épaules.

- C'est fou comme tu m'as manqué !, lui dis-je. Un baiser et tu réussis à me faire fondre.

- Tu m'as manqué dix fois plus. Je devenais fou à force d'attendre ton appel. Laisse-moi dire bonjour à ce délicieux corps.

Il glisse alors deux doigts dans la fente humide de ma vulve.-

 J'adore te savoir mouillée rien que pour moi.

- Monsieur parle un peu trop. Je n'ai encore rien vu.

- Oh ! Quelqu'un me met au défi dans cette chambre. J'adore la compétition.

Là, il me lève de terre, me couche sur le lit. Il pose de petits baisers tous doux sur mon nez, ma bouche, mes joues, mon front. Il me taquine en me disant :

- Il faut me dire quoi faire ; je ne connais pas ces choses-là ! C'est qui le prof ici.

Là, je lui murmure dans l'oreille :

- Fais-moi planer, Alex ! Peu importe comment.

- Dis-moi ce qui te ferait plaisir. Quel est ton fantasme.

- Faire l'amour dans un ascenseur, mais il n'y en a pas ici. Alors, fais-moi juste quelque chose que l'on ne m'a jamais fait et dont je rêve, vu comment on en parle dans les livres.

- C'est-à-dire ?

Sans répondre verbalement, je le repousse simplement, me redresse sur le lit pour ajuster l'oreiller sous ma tête. J'écarte simplement les jambes et lui offre ainsi une vue plongeant sur mon sexe nu.

Sur le coup, il semble étonné mais ne dit mot, se contentant d'enlever son jean. Il se courbe, passe ses mains sur chacune de mes cuisses, puis les embrasse doucement, avant d'aller à la source même s'enquérir de l'intensité de mon désir pour lui. Autant dire que sitôt que sa langue se met à fouiller entre mes lèvres, mon corps connait une décharge électrique sans précédent. Ce moment est unique. Jamais je n'ai osé le demandé à mon ex, car il m'avait bien précisé que faire la cave, ce n'était pas son truc. Pourtant il adorait l'idée que je lui fasse la pipe. N'était-ce pas un peu égoïste ? Je ne sais pas. Peu importe maintenant. Mon corps se tord sous des spasmes de plaisirs ; je suis incapable de rester silencieuse. Mes gémissements accompagnent l'ardeur de la tâche de mon amant. Il me malaxe les seins en même temps. Je lui caresse le crane dont je me rends compte qu'il est passé chez le coiffeur. Je ne sais combien de fois j'appelle son nom. Ce doux supplice qu'il m'inflige en mordillant, lapant, suçant mon clitoris, fait monter ma température. Et me voilà pleurant quand arrive l'orgasme.

- Jouis, bébé ! Tu es belle à voir, si tu savais.

Le temps passe vite pendant ces vacances. Je profite du temps que je peux passer avec ma grand-mère et saute rapidement dans l'après-midi retrouver Alex dans cet hôtel. Pas dans un autre mais celui-là car il est retiré de tout. Je ne risque pas d'y rencontrer quelqu'un que je connais. Le matin du 31 décembre, Alex m'appelle.

- Hello ! Comment vas-tu, mon beau ?

- Je vais beaucoup mieux quand j'entends ta voix, bébé. Je tourne en rond depuis le réveil. Tout me semble vide quand je suis loin de toi.

- Ouvre un livre de classe et tout ira mieux. Demain, une nouvelle année commence. Comment l'imagines-tu, Alex ?

- Je l'imagine belle. Je m'attends à ce qu'elle soit libératrice. Et j'espère qu'à la même date l'an prochain, je pourrai tranquillement t'embrasser en pleine rue, sans que cela ne te mette mal à l'aise ou ne soulève de question.

- Tu es fou !

- Oui, fou de toi. Je t'aime, beauté ! J'ai hâte d'être à demain pour te serrer dans mes bras.

- Moi de même. Je t'embrasse.

Je finis par raccrocher. Je sors de la chambre que j'occupe chez ma grand-mère. Mon grand frère Cyrille est là dans le salon. Il discute avec Mamie. Je vais dans la cuisine et retrouve ma cousine Aïcha qui m'annonce :

- Au fait, j'ai invité Max à diner ce soir.

- Je pensais que c'était un diner en famille.

- Il est seul à Libreville. Sa mère est décédée il y a 5 ans et le reste de sa famille est du côté de Franceville.

- Et alors ? Je ne vois pas pourquoi tu l'invites ?

- Ce type est cool. C'est un ami de longue date. Je ne sais pas pourquoi il craque pour toi mais c'est ainsi. Tu demandes et il exécute. Il te voit comme une déesse. Il faut l'entendre parler de toi, Daisy ! Pourquoi repousses-tu ses avances ? Il était là avant Vincent mais tu n'en as pas voulu. Et voilà le résultat ! Vincent est parti, tu te retrouves seule. Ca te coûte quoi de dire oui à Max ?

- Aïcha, les sentiments ne se commandent pas. Cet homme ne me fait aucun effet ! Et de grâce, arrêtez de me parler de Vincent ! Occupez-vous de vos vies ! Qu'as-tu à vouloir m'imposer la présence de Max ?

- Je suis désolée, Daisy ! C'est juste qu'il est tellement amoureux de toi qu'il est prêt à tout. Es-tu sûre qu'il n'y a aucune chance pour lui ?

- Aucune. Et j'aimerais que tu arrêtes de m'imposer à tout prix sa présence.

- J'ai compris. Après ce soir, je ne l'inviterai plus sans te demander ton avis.

- Nous sommes d'accord. Avec toutes les femmes qui trainent dans son église, il en trouvera une facilement.

- Hum ! Il est fou de toi, Daisy.

Le soir venu, je prends une bonne douche chaude après avoir passé 3 heures dans la cuisine à aider ma mère, mes 2 tantes et ma belle-sœur Aurore, à préparer le repas. Il est 19h quand Aïcha arrive en compagnie de Max. Il est grand, très mince. Il est métis, né de père libanais et de mère originaire de la province du Haut-Ogooué. Il a de longues boucles frisées qui lui entourent le visage. Il me sourit et me présente un immense bouquet de fleurs en me faisant la bise.

Mon téléphone que je tiens en main vibre à ce moment là. C'est un message qui me vient d'Alex. Je lui manque, d'après ce qu'il m'écrit. Il trouve sa soirée fortement ennuyeuse.

Je lui demande comment cela est possible ! Alors que j'attends une réponse, Max, qui se tient à côté de moi à la terrasse, me dit :

- Tu souris à ton téléphone ?

- Oh ! Je viens de recevoir une bonne nouvelle.

De nouveau le téléphone vibre. Un nouveau massage. Avec force détails, Alex me décrit ses sentiments pour moi.

```
Si seulement tu pouvais entendre mon
cœur battre en ce moment. Il ne pense
qu'à toi.
```

De nouveau, je souris. Et cela intrigue Max qui me dit :

- Daisy ! Je te dérange ? Tu me parlais de ton travail dans ce lycée et, d'un coup, ton téléphone semble plus intéressant que moi !

- Je suis désolée, Max. J'aimerais simplement que tu saches que je suis touchée par tes intentions. J'ai bien reçu ton cadeau la semaine dernière. Merci d'avoir pensé à moi. Mais comme je te l'ai dit, je ne suis pas prête pour une nouvelle histoire.

- Daisy ! Tu as dit la même chose en septembre quand tu es partie de Libreville. Qu'est-ce qui te dérange chez moi ? Toutes les femmes me courent après ! Je suis obligé de freiner leurs ardeurs en leur parlant de mes convictions religieuses ! Qu'est ce qui te déplait en moi.

- L'amour, ce n'est pas automatique !

- Raison de plus pour lui donner un coup de pouce. Pourquoi déclines-tu ma demande en mariage.

- Parce que tu n'es pas mon genre.

- Oooooh ! C'est un véritable uppercut mais au moins, tout est dit. Je...je...

- Je suis désolée. Je pensais que tu l'avais compris.

- Ca ira Daisy. Mas tu ne m'enlèveras pas de l'idée que tu es la femme qu'il me faut.

Durant le diner, je ris avec tout le monde, m'intéresse aux conversations. Je n'ai qu'un hâte : être dans mon lit et faire l'amour par téléphone avec l'homme qui occupe toutes mes pensées.

Quand j'arrive le lendemain au rendez-vous, Alex me retrouve une demi-heure plus tard dans la chambre.

- Ferme les yeux, me dit-il.

Je m'exécute. Il me passe alors une chaine en or autour du cou. Il y un dauphin en pendentif.

- J'ai pensé à toi sitôt que j'ai vu ce bijou. Et avant que tu ne le demandes, sache que j'ai utilisé l'argent que m'a donné ma grand-mère pour mon cadeau de Noël pour te l'acheter.

- Tu n'aurais pas dû !

- Je voulais que tu l'aies pour qu'il te rappelle mon existence, à chaque instant.

- Et l'autre. Tu as pensé à elle ?

- Marysa, c'est fini. Tu es la seule locataire de mon cœur !

- En es-tu sûr !

- Tout à fait ! Et je mettrai mon poing dans la gueule de quiconque osera t'approcher, fait-il en m'arrachant un baiser.

*****

Le 2^(ème) trimestre commence tranquillement. C'est avec beaucoup d'entrain que je vais au lycée le matin. Même si Daisy n'est plus ma prof, je peux au moins la rencontrer dans les couloirs. Elle garde toujours son air ferme, professionnel. Jamais elle ne s'arrête en me rencontrant dans l'enceinte du lycée. Elle arrive à m'ignorer tout au long de la journée. Le mardi, le jeudi et le samedi, je me glisse chez elle. Nous passons des heures à nous aimer, à nous parler, à rigoler. Le reste du temps, je me languis d'elle. J'ai laissé de côté le basket en prétextant que je dois me concentrer sur la préparation du Bac. J'ai dit à ma mère que je suis impliqué dans un groupe de travail, et que nous nous retrouvons, justement, le mardi, et le jeudi. Quant à Walter Atanga, il n'a toujours pas réunis la somme demandée par son marabout pour lui faire le fétiche qui l'aidera à faire tomber la prof de français, comme ils disent. J'ai un pincement au cœur à chaque fois qu'ils parlent de Daisy et de la façon dont ils aimeraient la sauter. Cela m'agace mais je me retiens de parler.

Mais ce matin, c'est plus que je ne peux en supporter. Il la décrive, tous obnubilés par son fessier. Qu'est qu'on peut inventer comme bêtises quand il s'agit de parler des belles femmes, alors !!

Il est midi quand je retiens Walter pour lui parler. C'est le seul moyen que j'ai trouvé pour arrêter avec cette torture morale qu'ils me font subir sans le savoir. Entendre ainsi parler de l'anatomie de la femme que j'aime, c'est trop !

- Walter ! Attends mec ! J'ai quelque chose à te dire.

- Oui, je t'écoute, Alex. Y a quoi ?

- Je ne veux pas entrer dans les détails mais, s'il te plait, la prof de français, oublie ! Demande aux gars de baisser d'intensité sur elle.

- Man, qu'est ce qui te dérange ? Si on veut tenter notre chance et qu'on n'y arrive pas encore, laisse-nous au moins savourer.

- Tu sais bien que ce genre de femme ce n'es pas pour nous autres, Walter ! Pourquoi se fatiguer ?

- Man, en quoi ça te dérage ? On a le droit d'apprécier, non ?

Je baisse la tête avant de lui dire :

- Je ne peux pas tout te dire au risque de me griller mais...

Là, je l'entends crier et il me dit :

- Merde, Alex ! Tu viens de dire que ce morceau est trop gros pour nos petites bouches ! Ça veut donc dire que tu protèges les intérêts de …ton boss (père). C'est la petite de ton boss, n'est ce pas ? Ça ne m'étonne pas ! Une go (fille) de son calibre, ne peut même pas perdre son temps avec nos vilains bangalas (bites) de lycéens sans le sou. Ça, c'est une Ferrari ! Donc, tu as raison. Nous n'avons pas le blé qu'il faut pour entretenir une Ferrari, alors on va se contenter de rêver sur les VTT qu'on peut éventuellement s'offrir. Aïe ! Heureusement que tu me préviens, man ! J'allais carrément finir en tôle tout ça parce que je rêve de m'envoyer la petite du président du tribunal ! Merci mec ! Je ferai en sorte que les autres oublient ce dossier. On est ensemble !

Voilà comme se règle un problème quand on a affaire à l'interlocuteur le plus idiot de la planète. Si j'étais assez puissant, je lui donnerai le baccalauréat gratuitement pour le remercier de m'ôter cette épine du pied.

Je me dépêche de partir du lycée pour aller à la rencontre de Marysa. Elle me sert de couverture car, sans qu'elle ne le sache, je ne l'aime plus comme avant mais la garde pour que ma mère ne se mette pas à fouiner. Quand j'arrive devant le lycée français, elle est là qui m'attend.

- T'es en retard, Alex ! Je commençais à griller sous ce soleil !

- Et moi qui pensais que tu adorais le soleil. Je te signale que tu passes des heures à bronzer pendant le dimanche à la plage.

Elle éclate de rire et me saute dans les bras. Le baiser qu'elle vient chercher, je le lui donne en pensant à Daisy. Elle me tape aux fesses et me dit :

- Mes parents sont absents jusqu'à demain. On peut y aller.

- Mais ta femme de ménage ira tout répéter à ta mère !

- T'inquiète. Je vais lui refiler deux billets de 10 mille francs et elle tiendra sa langue.

- J'ai cours à 14h 30.

- ça nous laisse une heure pour nous envoyer en l'air, mon cœur !

Je la suis sans broncher. Nous traversons la rue et nous retrouvons dans une allée bordée de différentes villas de haut standing, plus luxueuses les unes que les autres. Marysa est la fille du DG de Protolex. Elle a une grande sœur qui étudie à Berkeley, aux USA et un frère qui, lui, est en classe préparatoire aux grandes écoles d'ingénieurs. Son père est souvent en déplacements professionnels et son épouse le suit partout. Cela nous laisse le champ libre.

Quand ma mère a su que je sortais avec Marysa, elle a sauté de joie. Elle m'a laissé carte blanche et m'a même augmenté mon argent de poche.

J'ai passé un « entretien », devant le père de Marysa. Il a fait une enquête sur moi avant de m'autoriser à sortir avec sa fille. Beaucoup de protocole pour une simple histoire d'amour entre jeunes.

Dans la chambre, elle se déshabille et je la regarde. Sa peau toute blanche. La pointe rose de ses seins, son corps bien taillé. Elle est mince, pas très grande, avec de longs cheveux blonds. Elle est simplement belle à croquer. Quand elle m'approche, elle me dit :

- T'as une capote, j'espère.

Je n'ai pas envie de faire l'amour, alors je lui dis :

- Mince alors ! J'ai oublié d'en mettre dans mon portefeuille !

- Pas grave !, me dit-elle. Oral, alors.

- Si tu veux. Mais tu ne diras pas ensuite que j'ai allumé le feu sans avoir d'eau dans mon réservoir pour l'éteindre.

Elle rit de bon cœur et passe ses deux bras autour de mon cou en me disant :

- Je suis dingue de toi.

Je réponds à son étreinte, cherche le chemin vers son sexe, et introduit un doigt dans son vagin. Elle gémit alors et me dit :

- Plus vite !

Couchés sur son lit, je m'emploie à la faire planer, en l'embrassant sur tout le corps et en particulier autour du nombril, zone qu'elle juge la plus érogène de son corps. Quand je lui mordille le lobe de l'oreille droite, elle gémit encore plus. C'est fort sonore et pour ne pas attirer l'attention de la femme de ménage, je lui vole sa bouche pour un long, très long baiser, alors que mes doigts continuent de taquiner, exciter son clitoris. Elle manque de m'étouffer quand elle finit par jouir et me déclare : « Alex, je t'aime ! »

En partant de chez Marysa, mon esprit idiot se demande si j'ai le même âge quand je fais l'amour à l'une et à l'autre. Je suppose que la réponse est quelque part au fond de moi. Le fait est que je me sens dix mille fois vivant sous les caresses de Daisy.

Exceptionnellement, ce lundi 14 février, je retrouve Daisy chez elle. Il est 19h quand j'arrive. Elle m'accueille sur le pas de la porte, me laisse entrer et me dit :

- Tu sais bien que le lundi est chargé pour moi. Je corrige les copies des devoirs de maison de mes 4èmes.

- Je ne pouvais pas terminer cette journée sans t'embrasser. Joyeuse St Valentin, fais-je en la prenant dans mes bras.

- Bonne St Valentin à toi.

Nous partons dans un long baiser et elle calme mes ardeurs en me disant :

- Je préfère m'éloigner. Ton corps est incandescent, Alex. Je sais comment cela pourrait finir.

- J'ai constamment envie de toi, lui fais-je.

- C'est très charnel tout ça, Alex. Pour la St Valentin, je m'attendais à une déclaration plus relevée.

- Seul mon corps est capable de parler quand je suis face à toi, dis-je en l'embrassant.

- On garde ses distances, monsieur. J'ai du travail qui m'attend.

- Et si je promets de rester sage et de te regarder travailler.

- Non ! C'est hors de question. Je n'ai pas encore trouvé sur quel bouton appuyer pour m'empêcher de te sauter dessus et de te déshabiller.

- Je suis rassuré de savoir l'effet que je produis sur toi, beauté. Joyeuse St Valentin, dis-je en lui présentant le paquet cadeau que j'ai pour elle.

J'ai casqué toute ma bourse de lycéen pour lui offrir ce présent.

- Merci Alex ! Tu n'aurais pas dû !

- Avant que tu ne poses la question, sache que c'est ma bourse qui me permet de t'offrir ce cadeau. Un jour, je gagnerai assez d'argent pour t'offrir un Infinit, car tu le vaux bien !

Elle fond en larmes face à ma déclaration. Je la soulève dans mes bras, l'entraine jusque dans le canapé. Arrivé là, je l'embrasse autant qu'il m'est possible de le faire. Le feu qui s'allume en moi, à chaque fois qu'elle est dans mes bras, est tellement fort que je finis par lui dire :

- Je m'en vais avant de devenir fou. L'année prochaine à la même date, je t'inviterai au restaurant.

- L'année prochaine à la même date, tu seras aux Etats Unis et tu m'auras sûrement oubliée, Alex.

- Impossible ! Tu es la reine de mon cœur.

Ses larmes redoublent, comme si jamais personne ne lui avait sorti ces mots-là.

- Je crois que je t'aime, finit-elle par me dire.

- Continue de le croire et cela sera vrai... Je me sauve, dis-je, en m'échappant très vite avant de ne plus contrôler la rage en moi et d'en arriver à lui déchirer ses vêtements.

Quand j'arrive à la porte, elle est derrière moi et s'accroche à moi, en fermant ses deux bras autour de ma taille. Je suis jeune et bête et ma bite est tendue à max dans mon pantalon. Alors, avec fugue, je me retourne, la soulève, emprisonne sa bouche. Le baiser est chaud, passionné. La température de mon corps est incontrôlable. Je la plaque conte le mur et laisse ma tête allée se perde sous son tee-shirt. Elle se met à gémir, appelant mon nom, me redisant que je la rends folle et qu'elle adore que je lui suce les seins ! Cela je le sais. Elle peut me le chanter encore et encore, cela m'encourage, me donne de la hardiesse. C'est sur le tapis du salon que nous nous aimons et que nos corps s'enlacent, s'emboitent pour ne plus en former qu'un.

J'adore la musique que jouent ses deux corps en fusion, réunis comme si demain n'existait pas.

Ai-je seulement pensé à mettre un préservatif ? Il me semble que non. Alors qu'elle crie mon nom parce qu'elle atteint le 7ème ciel, je me retire pour jouir sur son ventre.

Je suis heureux comme un enfant le soir de Noël. J'en pleure de joie. Et comme les larmes sont réservées aux femmes, je me contente de lui murmurer dans l'oreille :

- Il faudrait inventer un mot plus fort qu'aimer, pour définir ce que je ressens pour toi.

- C'est ton corps qui parle.

Je lui mordille le lobe de l'oreille et lui dit :

- Tu es la reine de mon cœur.

Quand je me lève de là pour rentrer à la maison, je suis plus déchiré que d'habitude. L'an dernier, je dinais au restaurant Le San Lorenzo avec Marysa, sous la supervision de ses parents. Ce soir, c'est différent. Je lui ai dit que je prépare un devoir sur table pour demain.

Je m'en vais vers la porte. Je l'ouvre et tombe sur la voisine qui vient rendre visite à Daisy. Elle me toise des pieds à la tête puis me dit :

- Où se trouve Daisy ? Et que fais-tu là ?

Je souris simplement et lui répond :

- C'est la St Valentin.

Elle me regarde alors que je descends l'escalier. Je disparais en courant vers le bord de mer. C'est au trot que j'arrive à la maison, trois quarts d'heure plus tard. Je suis en sueur quand j'entre dans la maison, dans ce quartier résidentiel de la rue Rogombé Mpolo dit « Pasol », du nom du dernier roi des Orungu. Mon magistrat de père et mon ingénieur de mère apparaissent dans la cuisine alors que j'y suis, une bouteille d'eau glacée bue au goulot. Ils vont diner au restaurant. Léonne et moi restons à la maison, sagement.

- Tu nous appelles si jamais il y a un souci.

J'acquiesce et vais directement dans ma chambre puis dans ma salle de bain personnelle. Après une bonne douche, j'enfile un pyjama et descends pour partager le repas du soir avec ma petite sœur.

******

Il est difficile de vivre dans une petite ville. Pour ne pas étouffer, le jour de mon anniversaire, je décide d'aller en week-end à Libreville. Quand j'annonce la nouvelle à Alex, il me répond !

- Laisse-moi appeler ma grand-mère et lui dire qu'elle me manque. Et le tour est joué.

C'est donc dans le même avion, mais à des sièges éloignés l'un de l'autre, que nous partons pour Libreville, ce vendredi 18 mars, après les cours. En arrivant dans la capitale, je prends un taxi qui m'emmène directement à l'hôtel Méridien. Je n'ai prévenu personne que je suis à Libreville. Je veux être au calme et vivre un anniversaire tranquille.

Il est 22h quand Alex m'appelle et me dit qu'il a dîné avec sa grand-mère et qu'ils sont en pleine conversation.

- Je serai avec toi demain, durant toute la matinée. Profites-en pour prendre des forces pendant la nuit.

- A demain, beau gosse !, lui dis-je.

Il est minuit dix quand sonne mon téléphone.

- Hello, darling. How are you ? me fait une voix sortie d'outre-tombe ;

- Vincent ! Il est minuit ici. Je dormais.

- Joyeux anniversaire.

- Merci d'y avoir pensé.

- Je te l'ai dit, Daisy. Il me faudra quelques temps encore pour t'oublier.

- Hum ! Bye Vincent.

- Un cadeau te parviendra par DHL. Je n'ai pu m'empêcher de t'en acheter un.

- Merci. J'espère que tout ira bien pour toi.

- Si tu me dis oui, je ne dirai pas non.

-On arrête de jouer, Vincent. Il se fait tard et j'ai sommeil.

- I'm still loving you, darling (je t'aime toujours, chérie), me lance t-il avant de raccrocher.

Alors que je tente de me rendormir, mon téléphone de nouveau sonne. Cette fois, c'est Max qui me lance :

- Joyeux anniversaire, Daisy.

- Merci.

- Je prierai le Bon Dieu pour qu'il t'ouvre les yeux et te mène à moi.

- Dans tes rêves, Max. Bonne nuit.

- Je serai à Port-Gentil avec le vol de 8h pour passer cette journée spéciale avec toi. Ce n'est pas tous les jours qu'on fête ses 25 ans.

- Bonne nuit, Max. Merci pour ton appel.

- Je t'appelle en arrivant à Port-Gentil. Je t'invite au restaurant à midi. A tout à l'heure, beauté.

Des messages pleuvent pendant que je dors paisiblement. J'ai réussi à me vider l'esprit. J'ai réussi à oublier les multiples questions de ma voisine et amie, Lucille. Elle ne condamne pas ma relation avec Alex mais essaie de me mettre en garde. Elle revient dessus à chaque fois qu'elle le peut… même si elle finit par me dire : Amuse-toi, après tout, il n'y a pas mort d'homme.

Je veux rester loin de tous ceux qui me connaissent. Ce week-end, je veux me faire oublier et me contenter de répondre aux messages de tout le monde.

Il est 9h quand Alex arrive. Je commande le petit-déjeuner par le room service et place la petite pancarte NE PAS DERANGER devant la porte de la chambre. Ce que nous y faisons après ça ??? Des exercices d'endurance, d'équilibristes, et de saut en parachute ! Enfin…

- S'il ne tenait qu'à moi, on sortirait de cette chambre et, main dans la main, on irait piquer une tête dans la piscine en bas, me fait Alex.

Je me contente de l'embrasser. Nous sommes couchés tous les deux nus sous les draps. Il parle tout haut et rêve à ce que l'on fera l'an prochain.

- Tu viendras me voir à New York et on s'embrassera sans retenu, sur le pont de Brooklyn. Pour une fois, je pourrai mettre cette image en photo de profile sur WhatsApp.

- Continue de rêver ! J'adore t'entendre.

Il est 15h quand il s'en va. Je reste là à dormir. A 20h, je me commande à diner, puis retourne tranquillement au dodo. Ce n'est que le lendemain au réveil, 9h, que je remarque les multiples appels de Max. Je ne prends pas la peine de le rappeler.

Je mets un maillot de bain et décide d'aller piquer une tête.

Dans le vol qui me ramène ce soir à Port-Gentil, Alex et moi sommes loin l'un de l'autre, du fait de la hantise que j'ai, que nos gestes soient remarqués par d'autres.

Quand j'arrive au lycée le lendemain, Théo, un collègue professeur d'anglais, m'interpelle.

- Bonjour Daisy.

- Bonjour Théo. Comment vas-tu ?

- Ah, tu sais que Max est mon ami d'enfance.

- Oh ! Et comment sais-tu que je le connais ?

- Parce qu'il est fou de toi. Tu lui as posé un lapin ce week-end. Il a failli perdre la boule. Heureusement que j'étais là.

- Ecoute, Théo. C'est bien gentil tout ça, mais Max et moi ne sommes pas ensemble. Je ne suis pas à sa disposition.

- Pourquoi l'as-tu laissé prendre l'avion si tu ne voulais pas le recevoir ?

- Comme je te l'ai dit, je ne lui dois aucune explication. Lui et moi ne sommes pas en couple. Je te prie de ne plus m'en parler.

Je le plante là et continue ma route vers la classe de 1ère avec laquelle j'ai cours.

****

Le 1ᵉʳ avril

Je crois à une blague quand ce mardi, en sortant joyeux de chez Daisy, je tombe nez à nez avec mon professeur d'anglais, Théodore Osséni. Il me regarde longuement et me demande :

- Alex Bengault, que fais-tu ici ?

- Et vous monsieur ! Que faites-vous là ?

- Je viens déposer un cadeau pour Daisy. C'est la promise de Max, mon ami d'enfance.

- Ah, d'accord, monsieur. Moi, je passais rendre visite à ma tante Lucille. Elle habite au rez-de-chaussée.

- D'accord, mon petit, me fait-il.

Je le vois sortir de sa voiture un immense bouquet de roses rouges. Combien il y en a-t-il ? Peut-être une quarantaine. Il y a aussi ce gros paquet cadeau que le professeur a du mal à porter. Alors, je m'approche et lui dit :

- Laissez-moi vous aider, monsieur.

Il me laisse le paquet cadeau, que j'arrive sans peine à porter. Nous montons les marches d'escalier jusqu'au palier de Daisy. Elle ouvre, salue monsieur Osséni et nous laisse entrer. Ce n'est qu'une fois que j'ai posé le paquet sur la table du salon, qu'elle se rend compte que c'est moi qui accompagne le professeur.

- Oh, Théo ! Tu fais travailler tes élèves en dehors du lycée ! fait-elle en m'ignorant.

- Ah ! Il a bien voulu m'aider, répond t-il. Tu peux partir, Alex. Ça ira.

Je les laisse, pas très rassuré du tout. Au lieu de rentrer à la maison, je décide de faire un tour au bord de mer et d'y faire un footing. Une heure plus tard, je reviens chez Daisy. Je prends soin de m'assurer que la voiture du professeur Osséni est bien partie. Je monte l'escalier qui me mène chez elle. Quand elle ouvre, j'entre et sans cérémonie, lui demande :

- Que veux ce type. Ce Max ! Je pensais que tu ne voulais pas de lui ! Pourquoi t'offre-t-il cet immense bouquet de roses.

-Calme-toi Alex ! Tu n'as pas besoin de crier.

J'ai du mal à retenir l'angoisse qui monte en moi. Je la regarde et fonce vers le salon. Là, je remarque le vase contenant les roses. Elle les a posées sur la table de la salle à manger. J'avance vers cette table, me saisis du bouquet de roses, les jette per terre et marche dessus avec rage en criant :

- Pour qui se prend-t-il, ce type ! Tu es à moi Daisy ! TU ES A MOI !

Elle s'approche complètement paniquée et de nouveau me supplie :

- Calme-toi Alex ! Regarde ce que tu as fait à mon tapis.

J'avise le globe terrestre posé dans un coin du salon. Il n'était pas là quand nous avons fait l'amour tout à l'heure. C'est forcement un cadeau de ce type. Avec toute la fureur du monde j'arrive vers ce cadeau de malheur et shoot dedans. Le globe terrestre fait un bond spectaculaire et va s'écraser sur le sol. Il se brise d'un coup.

Elle me regarde, la main devant la bouche tellement elle est surprise par ce déchainement de violence.

- Qu'est ce qui ne va pas, Alex ! Est-ce ainsi que tu me fais confiance ?

La sonnerie à la porte retentit. La voisine alertée par le bruit, arrive.

- Daisy, que se passe t-il ?

- Tout va bien, Lucille. Je descends tout à l'heure ! fait-elle en tentant d'abréger la visite de sa voisine.

Cette dernière lance un coup d'œil dans l'appartement et m'aperçoit. Elle hausse les épaules est s'en va. Daisy referme la porte à clé et vient vers moi en me disant :

- Tu as vu ce que tu causes comme bruit ? Heureusement que les autres voisins sont absents, cette semaine. Pourquoi agis-tu ainsi, Alex ? Est-ce ainsi que tu me fais confiance.

- J'ai confiance en toi, Daisy. Mais je ne veux plus entendre parler de ce type, réussis-je à dire, en tentant de calmer ma colère.

Jamais encore je n'ai fait une telle crise de jalousie.

Je m'approche de Daisy. Des larmes menacent d'échapper à mes paupières. Je lui caresse le visage d'une main et lui dit :

- Un jour je t'offrirai toutes les roses que tu voudras, tous les bijoux qu'il te faudra. Laisse-moi le temps. Dis-moi que ce type n'a aucune chance.

- Il n'en a aucune, Alex ! Mais si tu casses tout à chaque fois, je n'irai pas loin.

- Je n'ai pas envie de te perdre !, lui dis-je.

- Rentre chez toi. On se voit jeudi.

- Je t'aime Daisy ! Il aura mon poing dans la greule si jamais il pointe le bout de son nez par ici.

Elle me regarde l'air désolé et me dit :

- A jeudi. Il faut que je nettoie.

Je m'en vais après l'avoir embrassée. Je ne dors pas de la nuit. Le lendemain alors que nous sommes mercredi et que nous n'avons pas rendez-vous, je vais faire un footing vers chez elle. Je vois le professeur Osséni qui descend de sa voiture en ayant un carton de pizza et un sac plastique contenant une bouteille de coca cola à l'intérieur. Il entre chez Daisy. Je me demande alors ce qui ne va pas. Je reste là, caché dans un coin discret pour m'assurer qu'il s'en ira bien. C'est choses faite au bout de 5 minutes.

J'appelle alors Daisy et lui dis que je suis en en bas. Elle me répond :

- Vas-y, monte.

Quand j'arrive chez elle, elle me lance d'entrée de jeu :

- Tu joue au détective en te planquant près de chez moi ?

- Pourquoi le prends-tu ainsi ? Je veux juste m'assurer que tu vas bien.

- Tout va bien, Alex. Théo est juste passé me déposer une pizza.

- De qui vient cette pizza, Daisy ? Pourquoi ne dis-tu pas à ce Max qu'il peut aller se faire foutre ?

- Parle correctement, Alex. Je vais l'appeler et le lui dire.

- Je veux entendre cette conversation, Daisy. Je veux m'assurer qu'il ne tentera plus rien.

- Tu n'as pas confiance en moi, c'est ça ?, me demande-t-elle.

- C'est en lui que je n'ai pas confiance. Appelle-le et dis-lui que tu as quelqu'un dans ta vie et que tu es satisfaite.

Elle me regarde, éberluée.

- Alex, laissons tout ça de côté. Je dois travailler. Il faut que tu rentres. Je te l'ai déjà dit : il n'y a rien entre Max et moi. C'est toi que j'aime, me dit-elle, en venant se réfugier dans mes bras.

Je ne me sens pas pour autant tranquille. Je vais donc vers la cuisine prends le carton de pizza et le fourre dans la poubelle. Elle me regarde amusée et me dis :

-Que vais-je manger ce soir ?

-Tout sauf cette pizza !, lui fais-je.

Chaque jour de la semaine suivante, le professeur Osséni s'improvise livreur de cadeau, de pizza et autres. Tout cela atterrit dans la poubelle et me sort de mes gongs.

Pour mettre fin à cette fanfaronnade, je vais voir le professeur Osseni à la sortie des cours, ce vendredi 15 avril.

- Tu as des réclamations à faire par rapport au dernier devoir, c'est ça ?, me demande-t-il, alors que nous sommes tous deux dans un coin loin du bruit des couloirs.

- Je voulais vous mettre en garde, monsieur. En fait, je préfère être franc avec vous étant donné que j'ai beaucoup de respect pour vous.

- Je t'écoute, mon petit. Parle.

Je le regarde droit dans les yeux, me passe la main sous le menton et lui dis :

- Faites attention à vous, monsieur. Mon père surveille ses intérêts !

Intrigué, il me demande !

- Sois plus clair ! Qu'ai-je fait à ton père. Tout le monde le connait dans cette ville. Lui et moi ne nous sommes jamais rencontrés. Qu'ai-je fait qui perturbe ses intérêts ?

Je prends mon temps avant de répondre et lui balance :

- Les bouquets de roses, les pizzas !

Il a un mouvement de recul puis, revenant de sa surprise, il me lance :

- Ton père et madame Inanga sont amants, c'est ça ?

- Vous avez tout compris, monsieur. J'ai préféré vous avertir avant que mon père ne réagisse, vous comprenez !

- Oh ! Merci du conseil, mon petit. C'est pour Max mon meilleur ami que je fais tout ça. Il m'a laissé un budget pour être aux soins de madame Inanga. Oooh ! Je courais simplement à la mort en allant la voir !

- Bien ! Je vous laisse monsieur. J'ai beaucoup de respect pour vous, il fallait que je vous le dise.

- Merci, mon petit.

Cette mission accomplie, je repars tranquillement à mon cours d'histoire-géo.

Ce 7 mai, le temps est rageur dehors. Le ciel crache sa colère sur le ciel de Port-Gentil. Nous sommes samedi et je ne pourrai sortir ce matin pour aller faire mes courses.

Je m'installe devait la télévision et décide de me détendre.

Ma voisine Lucille qui nous avait préparé une sortie entre filles, elle, moi, sa petite sœur et 3 de ses collègues, m'appelle dépitée :

- Je comprends maintenant mieux ton habitude de lire les bulletins météo sur internet chaque jour ! Je n'aurais pas prévu la sortie pour aujourd'hui si je savais qu'il y aurait la pluie.

- Ce n'est que partie remise, Lucille. S'il fait beau demain, on pourra le faire ce pique-nique.

- Tu as raison. Je regarde la météo pour savoir quel temps il fera demain. Pour le moment, je vais braver la pluie et aller rendre une petite visite à mon chéri.

- Fais attention que son épouse ne vous surprenne, pas, Lucille. Tu prends un risque en allant chez lui.

- Cette tarte est en vacances à Cape Town. Je gère son époux dans leur lit conjugal et ça me fait du bien.

- Laisse-moi te dire que non seulement tu es folle mais en plus tu prends des risques.

- J'adore le gout de l'interdit, ma *sœur* !

Elle raccroche et je me remets à regarder mon film. Je suis là en train de rêvasser en voyant cette comédie romantique, quand mon téléphone sonne. Je décroche et au bout du fil, Max m'annonce qu'il est en bas. Deux minutes après, il sonne à ma porte. J'ouvre et lui demande ce qu'il fait là.

- Est-ce ainsi que tu accueilles tes amis ?

- Entre. Mais je n'ai pas beaucoup de temps à te consacrer.

Il laisse son parapluie à l'entrée et me suit.

- Prends place. Que bois-tu ?

- Un verre de jus d'oranges, s'il te plait.

Je vais lui chercher à boire et reviens dans le salon. Je lui sers un verre puis m'assois face à lui.

-Alors, que me vaut l'honneur de cette visite.

Il respire un grand coup puis se lance :

- Tu m'obsèdes, Daisy.

- Tu as fait le chemin depuis Libreville pour me dire ça ?

Il avale une gorgée de jus et me répond :

- J'ai compris que tu ne veux pas de moi, que je ne suis pas ton type. Mais vois-tu, il fallait que je te mette en garde. Je suis un fervent chrétien, tu le sais. Le mariage est une valeur cardinale pour moi. Je ne pourrais tolérer que quiconque salisse cette institution... Et surtout pas la femme que j'aime.

- De quoi parles-tu, Max ?

- Je te parle de cette liaison que tu entretiens avec un homme marié !

- Max ! De quoi parles-tu ?

Il n'a pas le loisir de répondre car quelqu'un sonne à ma porte. J'y vois et regarde par le judas. C'est Alex. De deux choses l'une. Soit je le laisse dehors et il tambourine à la porte comme un fou et cela toute la matinée, sois j'ouvre et il me fait un scandale en voyant Max.

Je ferme les yeux et prie qu'il se contienne.

Quand j'ouvre la porte, Alex me prends dans ses bras. Il referme la porte à la volée, me soulève et viens me plaquer tout doucement contre un mur. Il me vole baisers sur baisers, ne me laissant pas le loisir de lui dire que j'ai un invité. Il me repose à terre. Ses mains continuent d'explorer le haut de mon corps, après avoir trouvé refuge sous mon chemisier. Il fait remonter celui-ci et déjà, s'attaque à la forteresse qu'est ma poitrine sous ce soutien-gorge.

AI-je seulement le temps de réagir ? Je me laisse bêtement, embrasser, caresser, sans même me soucier de la présence de Max. Tout d'un coup, nous entendons le fracas d'un verre qui atterrit sur ma table basse faite en verre, elle aussi. Cela sonne la fin de la récréation.

- Abomination ! Qu'est ce que je vois là ! Daisy ! Es-tu devenue une chienne au point de ne pouvoir contrôler tes pulsions ? Tu te donnes comme ça à combien d'hommes ? Des jeunes, des vieux. Tu te prostitue comme certaines filles de Libreville, c'est ça ! Elles pensent qu'il n'y a rien de grave parce que ça se passe à huit-clos, mais tout ça c'est une abomination. Seigneur !

- C'est qui ce type ? me demande Alex sans même être perturbé.

- C'est Max, dis-je.

Il n'en faut pas plus à Alex pour m'abandonner là. Il lui suffit de trois enjambées pour se retrouver face à Max. il ne lui pose même pas de question et lui assène un coup de poing retentissant. L'autre, beaucoup plus frêle qu'Alex, titube et atterrit par terre. Il se relève et décide de contrattaquer. La bagarre éclate sous mes yeux. Je suis tellement dépassée que je n'ai d'autre recours que d'aller appeler Lucille. Je descends rapidement l'escalier. Je sonne chez elle. Elle arrive m'ouvrir et me dit :

- Oh ! Tu serais venu 5 minutes après et je serais partie. Mon chéri m'attend.

- Viens avec moi, s'il te plait. Ça chauffe là haut !

Elle monte en vitesse en me demandant ce qui se passe. Quand on arrive à mon appartement, Max est au sol et Alex a un pied posé sur sa poitrine. Max est en piteux état avec une coulée de sang à la bouche. Sa peau est devenue toute rouge. Je vois qu'il vient de passer les cinq minutes les plus pénibles de sa vie.

- Regarde !, fais-je à Lucille.

Elle ne cherche pas à comprendre et arrive vers Alex. Elle lui donne l'ordre d'enlever son pied de la poitrine de Max. Elle aide celui-ci à se relever et l'entraine vers l'escalier. Ils s'en vont et je reste là face à Alex. Je le regarde et ne sais quoi lui dire. Les émotions en moi sont mitigées. Je lui dis simplement :

- Tu n'aurais pas dû ! Cette histoire me portera préjudice.

- Il ne me connait pas. Il ne risque donc pas de porter plainte.

- Pourquoi tant de violence, Alex ?

- Je fais ce que me dicte mon cœur. Tu es à moi, Daisy. Pourquoi ce Max a-t-il du mal à me comprendre ?

- Tu n'avais pas besoin de le boxer ainsi. Nous étions juste en train de discuter.

- Maintenant, il ira discuter ailleurs ! Viens ! Sortons d'ici. Allons faire un tour. Allons nous montrer, dehors. Nous promener. J'aimerais crier au monde entier que je t'aime. J'EN AI ASSEZ DE ME CACHER !

- Arrête, Alex ! Tu sais bien que c'est impossible.

Il s'éloigne alors et mets un coup de poing en plein dans la porte de la cuisine. J'en reste sans voix. Je m'éloigne de deux pas. Je reste là, figée. Je ne sais même plus si je pense, si mon cerveau fonctionne correctement. Je ne sais pas ce que je viens de provoque. Je ne sais pas où tout cela va nous mener. Tout ce que je veux, c'est du calme ! J'aimerais fuir, aller ailleurs...

Le temps passe. Une heure plus tard, il ne s'est toujours pas calmé et je me tiens assise sur mon lit dans la chambre, comme lorsque petite fille, mon père me punissait. Je tente de me concentrer dans la lecture de ce roman acheté il y a quelques jours. Mon téléphone sonne alors. Je décroche. C'est Lucille au bout du fil :

- Coucou ma belle ! Quelles sont les nouvelles.

- Ecoute Daisy, j'ai conduit ton Max à la clinique la plus proche. Ils l'ont pris en charge. Il est salement amoché au visage mais le médecin dit qu'après 5 jours de repos, tout ira bien. Il est placé en arrêt maladie.

- C'est si grave que ça !

- Tu demanderas à ton amoureux de frapper moins fort la prochaine fois.

- Lucille, je ne m'y attendais pas.

- Je sais, je sais. Mais ce Max est un peu spécial. Malgré les coups, il n'en démord pas : il te veut ! Dis à ton amoureux de se tenir sur ses gardes. Je discute encore avec Max pour lui remettre les idées en place et lui faire comprendre que l'amour n'est pas automatique. Mais ma chère, il a l'intention de contrattaquer. Il est au téléphone avec ta mère !

- Misère ! que lui raconte-t-il ?

- Le mieux est que tu attendes qu'elle t'appelle. Trouve déjà les bons mots. Peut-être devrais-tu penser à faire un tour à Libreville le week-end prochain.

- J'ai besoin de réfléchir. A tout à l'heure, ma belle ! Merci pour tout.

Je raccroche et reste là à me masser le crâne.

- A quoi dois-tu réfléchir, Daisy ? me demande Alex, qui se plante debout à côté du lit.

Je lève la tête et lui dis :

- J'ai mal à la tête. On discutera plus tard. J'aimerais me reposer. Ensuite, lorsque la pluie se sera calmée, j'irai faire des courses au supermarché. Peux-tu t'en aller s'il te plait ?

- Non ! Je ne peux pas. Il pleut dehors. Et je n'ai envie d'être ailleurs qu'ici.

Disant cela, il enlève son polo, défait la ceinture de son pantalon et me nargue en me disant :

- Quand je pense que ce gringalet a osé se mesurer à moi. Regarde-moi, Daisy ! Regarde et dis-moi ce que ce type a de plus que moi !

Le voilà tout nu, scriptural, tel un dieu grec. Il pose avec les mains sur les hanches et me dit :

- Si cela ne te suffit pas à comprendre que l'âge on en a que faire, alors ait le courage de me regarder et de me dire que ce corps ne te fait pas de bien. Regarde-moi et dis-moi que je ne suis pas assez homme pour te satisfaire, t'aimer, te protéger. Que te faut-il de plus ?

- Tu ne comprends rien à rien, Alex ! Jamais je ne t'ai mis en concurrence avec Max. il n'y a rien entre lui et moi. Jamais je n'ai douté de ta virilité. Tu ne serais pas là sinon. Jamais je n'ai pas pensé que tu ne saurais pas aimer. Peux-tu seulement comprendre que vu ma position, je suis mal à l'aise par rapport à tout ça ?

- Je ne comprends pas. Et je n'accepte plus que tu veuilles à tout prix cacher notre histoire. J'aurais mon Bac ! Ce jour là, je t'embrasserai dans la foule devant le lycée ! Attends-toi à tout.

- Peux-tu te calmer, s'il te plait ! Tu ne peux pas tout casser ici ! Tu ne peux pas mettre ton poing dans la gueule de mes amis. Je vais avoir des problèmes si tu n'apprends pas à te contrôler.

- Comment fais-je pour me contrôler si mes intérêts sont menacés ! EST-CE QUE TU COMPRENDS CE QUE JE VIS EN CE MOMENT ?

- Pourquoi cries-tu, Alex ? Qu'est ce qui a changé depuis la semaine dernière ? Qu'est ce qui ne va pas ?

- J'en ai assez de me cacher. J'en ai assez que dans ta tête tu continues de te dire que tout ça n'est pas normal. Plus tu réfléchis et plus j'ai l'impression que tu penses à me quitter. Et cela m'effraie.

Sa voix semble, brisée par l'émotion. Il se passe la main sur le visage et me dit :

- Je vais en parler à mon père. Il saura me conseiller.

- Ne dis rien, Alex. Je te promets d'arrêter de réfléchir et de te parler de mes incertitudes. Mais ne dis rien à personne. Même pas à ton père. L'année s'achève bientôt. On aura bien le temps d'ajuster les choses le moment venu ! Viens. Prends-moi dans tes bras.

Il s'approche, me prends dans ses bras. Son étreinte est ferme. Il me répète :

- Dis-moi que tu m'aimes et que tu ne me quitteras pas.

Par la vitre de la fenêtre de la chambre, je regarde la pluie qui rageusement continue de tomber. Je me demande jusqu'à quelle heure cette pluie persistera. Là les mains d'Alex me caressent furieusement, comme si elles cherchaient à marquer son territoire. Je lui dis alors :

- Si tu savais combien je t'aime.

Cela a le don de le calmer un tout petit peu ; il s'éloigne et sourit en me disant :

- Puis-je alors avoir un strip-tease, s'il te plait ?

- Tu es complètement fou, Alex !

- Oui, fou de toi, Daisy.

Mon téléphone sonne, encore et encore. Mais mon esprit, mon âme, mon corps sont occupés à apprécier le moment prodigieux que me fait vivre Alex. Mon monde pourrait s'effondrer maintenant, je me souviendrais au moins de la sensation de cette langue qui cherche, fouille, trouve et taquine le point le plus sensible de mon anatomie. Des spasmes de plaisirs me parcourent tout entière, quand la bouche d'Alex vient se terrer dans mon entre-jambe. Je deviens folle. Non, il faudrait inventer un autre mot, vu la façon insane que j'ai de chanter ses louanges en lui intimant de ne pas s'arrêter, en le suppliant d'utilise sa langue, ses lèvres pour me croquer... Croquer quoi ? Même moi je ne saurais le dire. Croquer, simplement, me faire planer, envoyer des décharges électriques en moi... simplement par la succion de ce petit organe insignifiant, placé là, aux abords de la caverne aux trésors.

Je perds complètement la tête au moment où il se relève :

- Où vas-tu ?

- J'ai bêtement oublié de prendre des préservatifs.

- ne me lâche pas maintenant. On se débrouillera. Ne me lâche pas maintenant...Oooh, Seigneur.

Je prends les rennes de la situation, en le tirant par le bras. Il se retrouve sur moi et je m'empare à deux mains de son sexe en érection. Lentement, je position ce bâton de réglisse à l'entrée de mon vagin et supplie :

- Fais-moi du bien, bébé !

Il finit par entrer en moi et je passe mes jambes autour de ses hanches pour l'empêcher de s'en aller avant que je n'aie atteint le septième siècle.

- Oooh ! Comme c'est bon ! Ooooh, Daisy, comme tu es chaude ! J'adore ! me dit-il.

Je remue les hanches au même rythme que lui et l'encourage :

- Vas-y bébé, tu es le meilleur ! Oooooooooh ! Alex...Oooh, Alex...

Comme à chaque orgasme, ce sont les larmes qui prennent le relais car les mots sont incapables de dire ce que je ressens.

- Dis-moi que je suis un homme, bébé !

- Oh, oui...Ooooh, Alex !

- Dis-moi que tu aimes et que je suis le meilleur !

- ALEX TU ES LE MEILLEUR.... Ooooh ! ooooh ! Je vais jouir.

- Ooooh ! Oooooh Daisy ! ooooh, comme je t'aime bébé !

*****

Nous avons fait l'amour trois fois aujourd'hui, dans la chambre, sous le jet d'eau dans la douche, dans le canapé. A chaque fois, elle m'a prestement sorti de son vagin avec l'envie qu'elle avait de me voir jouir sur son ventre.

Je suis là dans ma chambre cette nuit. Il est 23 heures. La pluie s'est arrêtée de tomber. Je ne pense à rien d'autre qu'à la femme de ma vie. DAISY. Je prends mon téléphone, lui envoie une quinzaine de messages pour lui dire que jamais je n'aurais pensé que l'amour puisse être aussi fort, que je n'aimerais jamais personne autant que je l'aime, que je ne suis rien sans elle, et qu'elle a le corps le plus dément de toute la planète et que j'adore le ronronnement de sa chatte quand je la chatouille.

Je reposer le téléphone puis sort de ma chambre pour aller me prendre un verre d'eau dans la cuisine.

Une heure plus tard, alors que je suis déjà endormi, j'entends deux coups cognés à la fenêtre de ma chambre. C'est le signal qui me fait comprendre que Marysa est là. Je ne sais pas si j'ai envie de lui parler. Mon corps est encore marqué des baisers et des caresses de Daisy. Marysa le sentira forcement si je lui ouvre.

Elle tape de nouveau. Il faut que je me lève du lit sinon elle ne s'en ira pas. Je vais vers la fenêtre et l'ouvre.

- Coucou, amour ! Comment vas-tu ?

-Tu viens m'ouvrir, Alex !

- J'arrive.

Je sors à pas de loup de ma chambre. Je vais ouvrir la porte de derrière, qui est celle de la cuisine. Je laisse entrer Marysa. Elle est en larmes. Je ne comprends pas trop. Elle n'attend pas que nous soyons dans la chambre au calme, elle me crie dessus en disant :

- Qui est cette pute, Alex ! Avec qui me trompes-tu ? Tu as osé lui dire que jamais tu n'as aimé comme tu l'aimes ! Je suis quoi pour toi ?

Là, les bras m'en tombent. Même si la chambre de mes parents est fort alignée de la cuisine, j'ai peur que les cris et les pleurs de Marysa leur parviennent.

- Calme-toi, doudou ! Viens là ! Je ne vois pas de quoi tu parles.

Je m'approche et lui passe les bras autour des épaules pour l'accueillir contre ma poitrine.

- Ne pleure pas, s'il te plait. Calme-toi, Marysa. Viens.

Nous marchons lentement vers ma chambre. Quand nous arrivons là, je ferme la porte à clé. Elle se dirige vers le lit, s'y assoit, essaie de contrôler ses larmes et me dit :

- Tu lui as écrit tous ces messages. Tu as bien dit que tu n'as jamais aimé personne comme tu l'aimes. Je ne l'ai pas inventé, regarde !

Elle me tend son téléphone et je comprends vite qu'au lieu d'adresser mes messages à Daisy, je les ai envoyés à Marysa. Aïe !

Le seul reflexe qui me vient à cet instant est le mensonge. Alors, je me courbe pour l'embrasser puis lui dis :

- Je ne suis qu'un idiot, tu sais. J'ai voulu faire le malin en faisant du copier coller pour te déclarer mon amour. J'ai piqué des répliques à mon cousin Danger et je n'ai même pas eu l'intelligence de changer de prénom !

- Que veux-tu dire !, me lance t-elle.

Je me mets à genoux devant elle, la regarde droit dans les yeux et lui dit :

- Marysa, l'amour de ma vie, c'est toi. Je ne m'imagine pas un seul instant vivre sans toi. Je suis un peu maladroit, parfois, et souvent idiot. La preuve, une simple manipulation de téléphone me dépasse. Mais sache que mon cœur ne bat que pour toi, mon rayon de soleil.

Elle me regarde sceptique et me demande :

- Tu en es sûr ? Cette Daisy, c'est la petite amie de ton cousin ?

- Oui, doudou. Personne ne pourra te ravir mon cœur. Je t'aime, Marysa.

Elle finit par se calmer. J'adore l'éclat de ses yeux qui passe du bleu au gris selon ses humeurs. Je passe la main dans ses longs cheveux blonds que jamais elle n'attache. Nous nous retrouvons couchés, l'un sur l'autre.

- Je t'aime tellement, Alex.

- Et moi donc.

Elle m'embrasse en me serrant très fort dans ses bras.

- T'as une capote ?, me demande t-elle.

- Je vais en chercher dans la salle de bains. Un instant, je reviens.

Je sors du lit et vais rapidement dans la salle de bains. Je me mire un instant, me passe de l'eau fraiche sur le visage. J'enlève le haut de mon pyjama pour me mettre du déodorant, histoire de masquer – qui sait ? – l'odeur de Daisy sur mon corps. Au moment où je me baisse, je remarque un suçon là, juste sur la poitrine. Là, je me dis qu'il va falloir ruser pour que Marysa ne le remarque pas.

Je reviens dans la chambre. Elle m'accueille déjà couchée dans le lit. Elle est toute nue. J'enlève le bas de mon pyjama et me glisse sous les draps pour l'embrasser sur tout le corps. Quand je remonte au niveau de ses seins, elle me dit :

- Promets-moi que tu n'aimes que moi, Alex.

- Tu es toute ma vie, Doudou. Marysa, je serais fou de te laisser tomber.

Quand je me redresse pour enfiler le préservatif, elle me dit :

- Mes parents sont d'accord pour New York. J'espère que nous décrocherons tous les deux ce Bac. Ensuite, on se prend un appartement à New York.

- Tout ce que tu voudras, doudou. A nous la liberté !, fais-je en m'introduisant en elle.

Je garde le haut de mon pyjama tout le temps que nous faisons l'amour. Il est 4 heures du matin quand elle s'en va. Je l'accompagne jusqu'au portail. Quand je l'ouvre, j'avise la voiture avec chauffeur garé devant.

- Il pourra écrire un livre sur tes escapades nocturnes quand il sera à la retraite.

- Au moins, il ne dira rien à papa, me fait elle en riant. Si tu savais comme je t'aime, Alex.

- Je t'aime dix fois plus, doudou.

Elle s'en va et je retourne au lit.

Le mois de mai est doux...

Cela fait des jours que je n'ai plus entendu parler de Max. pourtant, Alex a l'impression que Théo me surveille. Il me l'a dit. Il est certain que la voiture de Théo Osséni, rode autour de chez moi certains soirs, comme s'il faisait la police. Alors qu'Alex me dit qu'il s'en fout, cela me donne des frissons.

Ma mère a eu vent de ce qui s'est passé. Je n'ai pas eu le courage de lui mentir. Je lui ai dit que j'ai un soupirant. Elle n'a pas posé plus de question et m'a souhaité bonne chance en espérant que Max me laisserait tranquille.

Nous sommes le mercredi et mon grand frère Jacques m'a annoncé son arrivée ici pour ce week-end.

Mon téléphone sonne. Il est 6h. C'est Alex au bout du fil.

- Bonjour bébé.

- Bonjour Alex. Comment vas-tu ?

- Bien. Je voulais entendre ta voix ce matin.

- Tu l'as entendu dans la nuit avant de te coucher.

- Je sais. Mais j'en ai assez de cet emploi du temps et de cette surveillance que m'inflige ma mère. Plus le droit de sortir. Il faut être à 17h à la maison. Je meurs à l'idée de ne plus pouvoir te toucher. S'il faut sécher les cours cet après-midi, je le ferai. Je viendrai te voir.

- J'ai cours cet après-midi. Marcel Olimbo est malade. Je tiens ses classes de terminale cet après-midi dans le foyer. Le Bac approche. Le lycée ne peut pas se permettre de retard sur le programme.

- Les A1 et les A2, c'est ça ? Ok, cool. Je me glisserai dans le lot pour suivre ce cours et pouvoir te voir.

- Tu es fou, Alex.

- Bébé ! Ça fait une semaine que je ne t'ai pas touché. Une semaine sans toi, c'est la mort.

- Concentre-toi sur la préparation de ton Bac. C'est le plus important. Une fois que tu l'auras décroché, on pourra faire l'amour autant que tu voudras.

- Cet aprèm, je serai à ce cours. Je t'aime.

Depuis une semaine, nous ne nous voyons pas car sa mère le surveille de prêt et a même pris un répétiteur qui est payé pour s'assurer qu'il réussira son Bac. Il passe le Bac français dans un mois. C'est pour la forme qu'il vient dans le lycée où j'enseigne car, s'il décroche le Bac français, plus besoin qu'il vienne passer les épreuves du Bac gabonais. Une subtilité que peuvent se permettre les enfants dont les parents prennent les devants...

Quand j'arrive au lycée, je suis étonnée d'être convoquée dans le bureau du censeur 2nd cycle.

- Madame Inanga, me dit-il, comment allez-vous ?

- Tout va bien, monsieur Mapangou.

- Bien ! Vous savez, je vous considère comme ma fille. Je tenais simplement à vous dire que si vous avez le moindre souci, vous pouvez venir me parler.

- C'est entendu, monsieur. Pour l'instant, tout va bien.

- Ma fille, ce lycée n'est pas le meilleur pour une jeune et jolie fille comme vous.

- Je m'en sors plutôt bien. Comme je vous le dis, je n'ai pas de problème.

- D'accord. Heureusement que vous n'êtes pas enseignante titulaire en Terminale D. Je sais que le fils de monsieur le Président du tribunal y est élève. Ça évite le favoritisme, vu que j'ai appris, par des indiscrétions, que vous êtes la maîtresse de ce grand magistrat.

Les bras m'en tombent ! D'où sort cette histoire ? Je reprends vite le dessus et dis :

- Comme je vous le disais, monsieur Mapangou, tout se passe très bien et je n'ai pas de problème. J'aime mon métier.

- D'accord, je l'ai bien compris. Excusez-moi si j'ai été indiscret.

Je ne lui demande même pas d'où lui sont venues les rumeurs. Je préfère écourter la discussion et aller rejoindre mes élèves de 4ème.

En arrivant dans la salle des professeurs, je remarque qu'instinctivement, Théo baisse la tête comme pour m'éviter. Je dis bonjour à tout le monde. Certains semblent me regarder avec un rictus. J'ai l'impression d'être retournée dans la cours de récréation d'une école primaire. Quelqu'un fait l'intéressant en lançant :

- Un grand n'est-pas un petit. Personne ne peut croquer le poulet que mange un ogre.

Je ne relève pas car j'ai autre chose à penser.

- Ah ! L'argent et le pouvoir font l'homme ! lance Maltus, le professeur d'espagnol. Soyez puissants et vous aurez les plus belles femmes du monde.

Il rigole en me regardant.

Je lève la tête et leur demande :

- L'un d'entre vous a-t-il quelque chose à me dire ? Nous sommes des adultes alors, comportons-nous ainsi.

Jacqueline Medza intervient alors et dit :

- Daisy, ne t'occupe pas de ces idiots ! Fais ton travail simplement.

Je me lève et vais en classe. Ils peuvent rester là à glousser, je n'en ai que faire.

Durant mon cours magistral de l'après-midi, devant 98 élèves de Terminale A1 et A2, Alex se glisse dans le lot. Nous sommes dans le foyer qui d'ordinaire accueille les conférences et autres événements extrascolaires. Tout se passe bien durant 3 heures. Il est 17h 30 quand le cours se termine. Les couloirs se vident rapidement et je suis toujours dans la salle à ranger mes affaires après avoir pris le soin de remplir le registre de présence des élèves. Je sors de là un quart d'heure plus tard. J'avance vers la salle des professeurs pour checker mon casier, Alex sort de nulle part, passe à mes côtés. Il me siffle discrètement :

- File-moi tes clés.

Je les laisse tomber par terre sans prêter plus attention et il les ramasse. Je reste dix minutes dans la salle des professeurs en compagnie de deux profs de philo qui corrigent des épreuves d'un examen blanc. J'en sors et remarque que tout le monde a déserté les lieux. Il est pratiquement 18h 30 quand je monte à bord de mon véhicule.

- Un peu plus et je vieillissais là en t'attendant.

- Tu as un couvre-feu, Alex. Tu devrais être à la maison.

- La maison attendra. J'ai envie de toi.

- Ce sont tes hormones qui parlent. Tu es complètement fou.

- Avançons. J'en ai assez de rester couché à l'arrière.

- On ne peut pas aller chez moi. Lucille vient de me prévenir qu'une amie de ma mère m'attend. Tu sais, je t'en ai parlé. Ses enfants m'ont accueillie quand je suis arrivée ici.

-Zut alors ! Allons dans un endroit discret.

- Alex ! On se verra demain. Il n'y aucune urgence. Tu veux très bien te retenir jusqu'à demain.

- Non, je ne pense pas ! me dit-il en passant sa main entre les deux fauteuils avant, pour me caresser la cuisse.

- T'es incorrigible.

- C'est bien pour ça que j'ai besoin d'un professeur particulier. Tu fais l'affaire, beauté.

Je démarre alors et nous partons du lycée. Nous allons plus loin, à 800 mètres plus loin, dans un coin à l'abri des regards. J'arrête le moteur et il vient s'installer à l'avant.

- Tu m'as manquée, tu sais.

- Nous ne devrions pas être là, Alex. Ta mère va te tuer. Tu sais qu'elle mise tout sur ta réussite.

- Je l'aurai ce Bac! Pour l'instant, j'ai faim de toi.

C'est difficile de vivre dans une petite ville. Cela est d'autant plus difficile que les esprits se focalisent sur vous comme s'ils s'ennuyaient. Alors- même que les caresses appliquées d'Alex me tirent des râles de plaisirs, et que j'ai le chemisier dégrafé, les seins à la merci de la bouche de mon amant, ses doigts au chaud dans l'humidité de mon vagin et mes mains agrippées à son sexe que je ne rêve que de sucer comme une bonne glace, quelqu'un cogne à la vitre de mon véhicule. La personne pointe une lampe torche vers l'intérieur. Sur le coup, Alex grogne et me demande de ne pas réagir. Il espère que le type s'en aille. Je fais comme il dit. Mais mon rythme cardiaque accélère. C'est la panique à l'intérieur de moi. Je sursaute et dis :

- On devrait partir.

- Non ! C'est cette personne qui doit partir.

Il continue son labeur et comme il l'avait prévu, notre visiteur s'en va. Je finis par jouir malgré tout. Sitôt que j'ai retrouvé mes esprits, il me lance :

- Mon anniversaire a lieu dans 10 jours. Je tiendrai le coup jusqu'à ce moment-là. Profites-en pour te reposer car ce soir-là, tu verras des étoiles.

Je conduis jusqu'à un carrefour. Il descend et je trace ma route jusqu'à la maison. Quand j'arrive là, Martine l'amie de ma mère, m'attend chez Lucille. Je l'installe dans le salon et vais directement à la douche. Je me lave rapidement et mets une jolie robe en basin bleu, avant de revenir dans le salon. Mon téléphone sonne alors que cela fait une heure que je discute avec l'amie de ma mère. J'ignore l'appel car il me vient de Max. il insiste. Je décide de l'ignorer. Là, il m'envoie un sms menaçant disant : « Si tu ne réponds pas, j'envoie à ta mère, cette photo de toi et TON ELEVE en train de faire l'amour dans ta voiture. »

Ma respiration se coupe d'un coup !

Je relis son message. Je prends mon courage à deux mains et lui réponds qu'on en parlera plus tard. Il m'annonce a lors :

« Je serai chez toi dans une heure. » »

Je laisse mon téléphone de côté pour ne plus m'intéresser qu'à mon invitée. Une heure après, je monte en voiture pour aller la déposer chez elle, au quartier Salsa. Quand je reviens chez moi, je trouve la voiture de Max garée dans la ruelle. Il descend de voiture et vient vers mon portail.

- Ne restons pas là !, lui dis-je en passant le portail pour aller en route.

Il me suit sans parler. Nous avançons en silence. Nous sommes bientôt au carrefour du jet d'eau de Total Gabon, quand il me dit :

- J'ai tout vu Daisy ! Tu baises avec un enfant. Tu penses que parce qu'il a un peu de poils au torse, une voix grave et assez de muscles pour me terrasser, cela en fait un homme !?

- Je ne vois pas en quoi ma vie privée te concerne. Tu n'es rien pour moi. Je ne te dois aucune explication.

- Je le sais. Tu me fais simplement honte. Je tenais à te le dire.

- Tu as quitté Libreville pour venir me fliquer ?

- Te faire baiser dans une voiture par un ENFANT, ce n'était pas ce à quoi je m'attendais. Laisse-moi te dire que tu es une belle salope, doublée d'une imbécile. Mais rassure-toi, je vais détruire cette photo ! Mes yeux sont déjà assez perturbés d'avoir vu ce que j'ai vu.

Il me montre le téléphone et supprime les images qu'il a prises.

- C'est ma vie, Max !

- Tu en fais ce que tu veux Daisy ! Je sais qu'il me sera difficile d'arrêter de penser à toi mais au moins je m'évite l'affront d'épouser une femme adultérine et pédophile.

La gifle que je lui envoie, il ne s'y attend pas. Là, il me crie :

- Tu peux me donner toutes les baffes du monde, le fait est que tu es une pute qui se tape ses élèves. Tu m'as dit que tu enseignes les 4èmes. C'est donc là que tu les prends. Dis, tu comptes baiser avec combien d'élèves ? J'oubliais les MST (moyennes sexuellement transmissible). Ça doit bien payer avec les petits ! Merde alors, tu as un homme en face de toi et c'est un petit mec qui joue encore aux Legos que tu préfères mettre dans ton lit !

Je finis par m'acharner sur lui en lui donnant des tapes dans la poitrine. De force, il me tient les deux poignées et me siffle entre ses dents :

- Ôte tes mains de moi, Jézabel ! Ta place est dans un asile. Allez, va au Diable. J'ai pitié pour ta pauvre mère. Dire qu'elle se fait du mauvais sang pour toi.

Il s'éloigne et finit par le crier :

- Tu peux continuer à offrir ton cul à des enfants, vu que tu es incapable de te garder un vrai homme ! Ton cul ne vaut pas grand-chose !

Il s'en va, me laissant seule.

Jamais les mots n'auront fait si mal. Même prononcés par quelqu'un que l'on n'aime pas, ils atteignent leur cible. J'ai l'impression qu'à cet instant, mon cœur s'est arrêté de battre.

Je compose le numéro de Max. sitôt qu'il décroche, je lui crie :

- C'est un homme et je l'aime.

- Va le dire à ton proviseur et aux parents de cet enfant. Je suis sûr qu'ils apprécieront. Oublie mon numéro, Daisy !

Il me raccroche au nez. Simplement.

En rentrant à la maison, je me sens tellement mal, que je vais cogner à la porte de Lucille. Sans même pouvoir parler, c'est en larmes que je tombe dans ses bras.

Je pleure une heure durant. Je me sens salie par les accusations et les insultes de Max. Mon ami me dit :

- Reprends-toi, Daisy. Tu n'as pas forcé ce jeune homme. Je l'ai vu. Ce n'est pas un idiot. S'il a atterri dans ton lit, c'est qu'il le voulait. Ne te rends pas malade pour ça.

Quand je rentre chez moi, j'appelle Alex pour avoir du réconfort. Il me répond: « Ce type est un idiot ! Je t'aime et c'est le plus important. »

Pendant toute la nuit, Alex m'envoie des messages pour me rappeler combien il m'aime et tient à moi.

Pourtant, tout semble fracassé en dedans de moi.

*****

Connais-tu l'air du vent ?

Une semaine durant, je reste tranquille chez moi, à la sortie des cours. Je mets un frein aux sorties avec Marysa. Elle vient bien sûr me voir à la maison, accompagnée par son chauffeur, mais c'est tout. Je pense très fort à Daisy. Je meurs d'envie de la toucher, l'embrasser, la posséder… Mais voilà, ma mère veille au grain. Elle paie un chauffeur de taxi qui est chargé de me ramener des cours tous les jours. Je rentre à la maison à 17h, tous les jours, à 13h, le mercredi. Le samedi, pas de sortie. C'est ce qui est dit. Et cela, jusqu'à ce que j'aie passé les épreuves du Bac.

Au téléphone, tous les soirs, je fais l'amour en direct à l'élue de mon cœur. Il ne se passe pas une minute sans que je ne pense à elle. Il ne se passe pas une heure sans que je ne lui envoie de sms. Au lycée, je me mets à distance pour l'observer lorsqu'elle passe dans les couloirs. Je suis heureux et fier de savoir que la prof, que dis-je, la beauté que tout le monde convoite, est tombée pour moi.

Ce soir, alors que j'ai fini de manger, et que maman m'appelle dans le bureau de papa, je quitte le salon et vais la rejoindre dans cette pièce aménagé à l'angle, à gauche du hall d'entrée de la villa. Elle est assise dans le fauteuil de papa. Elle me regarde et me demande de m'asseoir.

- Je voulais que l'on parle du futur, Alex. J'ai commencé la procédure pour ton visa. Il ne manque que tes résultats du Bac. La rentrée de janvier semble la mieux indiquée pour toi. Cela te laisse le temps de passer tranquillement le TOEFL avant d'aller à New-York.

- Janvier ?, ça me va.

- D'accord. En attendant le mois de janvier, tu iras dès le 1er août à Cape Town pour préparer et passer ton TOEFL. Tu y resteras 3 mois pleins.

- Cool ! Cape Town, tiens-toi bien, Alex arrive !

- Je ne t'y envoie pas pour faire l'imbécile en boite de nuit tous les jours, nous sommes bien d'accord.

- T'inquiète, maman. Je sais que c'est important. Il en va de mon avenir.

- Ok. Nous sommes d'accord. Mais dis-moi, comment se fait-il que cela ne te dérange pas d'être séparé de Marysa pendant ces 3 mois ?

- Oh, je ne m'inquiète pas. Soit elle viendra avec moi, soit elle m'attendra à New-York.

- Tout va bien entre vous, j'espère ?

  C'est cool.

- D'accord. Allez, disparais de ma vue.

Quand j'arrive dans ma chambre, je jubile intérieurement. Je n'ai pas besoin de réfléchir longtemps. Cet avion pour Cape Town, je le prendrai aux côté de Daisy. Là-bas, on laissera éclater notre amour au grand jour.

Je suis là à faire des plans sur la comète quand je reçois un drôle de message de sa part.

```
Il faut qu'on arrête tout. Ce n'est
plus possible. J'aurais dû être assez
adulte pour comprendre que c'était une
erreur.
```

Je réponds alors :

```
Je ne suis pas une erreur. Mes
sentiments, pour toi, ne sont pas une
erreur. Ce cœur qui bat à tout rompre
en entendant ta voix, ce n'est pas une
erreur. Ce corps qui frissonne quand tu
le touches CE N'EST PAS UNE ERREUR.
```

Il me faut écrire un deuxième sms car celui-ci est trop long. Alors en lettres capitales, je lui annonce :

```
DAISY INANGA, TU ES LA FEMME DE MA VIE.
```

Je reste là, couché sur mon lit. Je reprends mon téléphone et lui écris ceci :

On ne choisit pas de qui on tombera amoureux. Et mon cœur t'a choisie tout comme le tien m'a choisi. Laissons parler nos cœurs. Oublions la bêtise des gens qui nous entourent. Ton visage est l'illustration de mon bonheur. Il n'y a qu'à l'observer quand je suis en toi…

Elle prend alors son courage à deux mains et me dit :

Ça finira par se savoir. J'ai peur du scandale. J'ai peur car je peux tout perdre.

Je réponds alors :

Tu n'auras rien perdu car l'amour qui nous lie sera toujours là. Bébé, l'amour est plus fort que tout. S'il n'y avait que moi, je crierais au monde entier que je t'aime. Ce ne sont pas 4 ans de différence qui changeront quelque chose.

Quand elle me répond :

Il faut que nous nous montrions raisonnables !

Je lui écris simplement :

Il est 21h. Je peux arriver chez toi en moins d'une demi-heure. Tu m'expliqueras alors, yeux dans les yeux, ce que notre amour a de négatif. Je t'aime. La discussion s'arrête là !

Elle me répond :

C'est fini, Alex. Ne rends pas les choses plus compliquées. Parfois l'amour ne suffit pas !

Je décroche alors mon téléphone et avant même qu'elle ne dise allo, je lui crie :

« Je t'aime Daisy ! Où est le mal dans tout ça ? »

Manque de pot, la porte de ma chambre s'ouvre, laissant apparaitre mon père. Il referme la porte derrière lui, s'approche et me dit calmement :

- Tu n'as rien à me confesser, fils ?

Je le regarde et réponds :

- Je ne crois pas, non !

- Alex, mon fils. Je viens de t'entendre prononcer le prénom d'une certaine Daisy. Je ne suis pas sourd.

Je lève le regard vers mon paternel et le sonde un instant avant de lui dire :

- Je l'aime à mourir. Je ne sais même pas comme je fais pour respirer alors qu'elle est loin de moi.

- De qui parles-tu, Alex ? Je pensais que tout allait bien entre Marysa et toi ?

- Papa, je suis amoureux de quelqu'un d'autre. Elle a 4 ans de plus que moi et pense que je ne suis pas un homme.

- Un homme se contrôle, Alex. Regarde-toi, tu paniques. Commence par contrôler tes paroles et arrête de crier au téléphone. Et là, elle te prendra au sérieux.

- Je l'aime.

- Tu trembles, mon fils. Ressaisis-toi. Ce n'est qu'une femme, me dit-il.

Je le regarde droit dans les yeux et lui répond :

- C'est la femme de ma vie, papa.

Là, il me regarde longuement avant de me dire :

- Ecoute, je ne veux pas t'embêter mais j'aimerais que tu te ressaisisses. Garde ton calme. Ce n'est pas le moment de te compliquer la vie. Ton examen approche, alors concentre-toi. Une fois ce Bac en poche, tu auras le loisir d'assainir ta vie amoureuse. Elle est jolie, au moins ?

- Plus jolie, c'est impossible.

- Fais attention au cœur de Marysa. Un homme ça prend ses responsabilités et ça fait attention aux autres. Sommes-nous d'accord ? Ne précipite rien. Laisse le temps au temps et après ce Bac, on en reparle. Bonne nuit, mon fils.

- Bonne nuit papa.

Impossible de dormir. Je passe la nuit à envoyer des messages à Daisy. Elle n'en démord pas avec son idée de me fuir, de me laisser en plan. Elle a peur, me dit-elle. Elle n'aurait pas dû céder à mes avances.

Au réveil le lendemain, je n'ai qu'une idée : il faut que je la voie. Même s'il me faut pour cela l'entrainer dans un coin du lycée, il faut que je règle cette affaire.

Je l'appelle alors qu'il est 6h du matin. Elle m'annonce qu'elle est malade et n'ira pas travailler.

Alors, je décide d'aller la voir. Il faut que je lui fasse changer d'idée. Il faut qu'elle comprenne que notre histoire n'a rien de sale.

Demain, j'ai 18 ans. Je suis un homme. Et c'est dans les bras de cette femme que j'ai envie de passer les prochaines années de ma vie.

Je m'habille, bien décidé à sécher la dernière heure de cours. Peu importe le lycée. J'écoute à peine ce que disent les profs aujourd'hui.

Il est 17h30 quand je sonne à la porte de Daisy. Je suis vêtu de mon uniforme du lycée et j'ai bien pris la peine de saluer l'un des voisins de son immeuble comme pour marquer mon territoire. S'ils se montrent discrets depuis le début, l'un travaillant un mois sur l'autre au large, en mer, et l'autre ayant des horaires décalés, ils finiront bien par comprendre que cette femme, je l'aime. Plus je sonne et plus j'ai l'impression qu'elle hésite à répondre. Quand elle ouvre, je suis directement subjugué par la beauté de son corps qu'elle essaie de cacher sous ce drap de bains.

Partie 3 : Quand le couperet tombe.

C'est mon anniversaire aujourd'hui. Je me lève dans un élan assez particulier. Je me sens transformé, plus vivant. La nuit dernière avec Daisy m'a revigoré. Je sais qu'elle tiendra le coup et que tout ira bien pour notre couple.

Au petit-déjeuner, papa me tend une enveloppe.

- Joyeux anniversaire, mon grand. me fait-il.

J'ai droit au bisou de Léonne qui me souffle : 'Et si tu m'en donnais un peu ! »

Elle parle des sous contenus dans l'enveloppe. J'ouvre cette dernière. Il y a cent mille francs à l'intérieur.

« Tiens ! », fais-je à ma sœur en lui refilant un billet de dix mille francs.

Elle me sourit et m'en remercie.

Maman arrive alors dans la cuisine. Elle me regarde et me dit :

- Joyeux anniversaire, Alex. Ecoute, j'ai réservé une table au restaurant pour ce soir. On y va à 18h.

- Merci maman.

La seule idée que j'ai en tête est d'embrasser Daisy. Mon téléphone sonne au moment où je grimpe en voiture avec ma mère. Au bout du fil, c'est Marysa.

- Joyeux anniversaire, amour. Ta maman m'a invité pour le diner ce soir au restaurant mais j'aimerais qu'on se voie avant.

- Oh ! J'ai un emploi du temps serré aujourd'hui. C'est un peu compliqué.

- Pas grave ! Tu auras ton cadeau ce soir. Je t'embrasse. Je t'aime.

- Ah ce soir.

Elle raccroche et ma mère me demande qui était au téléphone.

- C'était Marysa.

- Mais, tu aurais dû l'inviter à passer à la maison si elle voulait te voir !

- On se verra ce soir au restaurant, maman.

- D'accord ! J'espère que tout va bien entre vous.

- T'inquiète maman ! Tout va bien.

- Cette fille est juste ce qu'il te faut. C'est un très bon parti.

- Maman ! Je ne suis pas avec Marysa par intérêt !

- Je sais, je sais. Je dis juste que tu as intérêt à bien t'en occuper. Une fille de DG, cela se traite en princesse.

J'ai juste envie de me boucher les oreilles car je connais la suite du discours...

Quand j'arrive au lycée, mon téléphone sonne. C'est Daisy. Elle m'annonce :

- Alex, ne passe pas à la maison aujourd'hui. Ma belle-sœur Aurore est arrivée de Libreville. Elle est en mission pour deux jours à Port-Gentil.

- Elle aurait pu prévenir avant d'arriver.

- C'est ce matin que la mission a été déclenchée d'urgence. Et je ne peux quand même pas lui demander d'aller à l'hôtel alors que j'ai une chambre de libre.

- Et je fais comment moi ? Tu n'es pas au lycée aujourd'hui, c'est mon anniversaire et je ne peux pas te voir !!!

- Je t'appelle tout à l'heure, tu veux ? Et arrête de t'énerver. Je t'embrasse.

Elle raccroche avant que je n'aie le temps de riposter.

Ma journée se passe tranquillement, même si je n'arrive pas à sortir Daisy de la tête. Je me concentre pendant le cours de biologie. Quand arrive le dernier cours de la journée, je suis déjà parti. Je prends un taxi et vais me poster devant le gymnase, à quelques ruelles de chez Daisy. Je l'appelle et lui dis :

- Je t'attends en bs. J'ai juste envie de t'embrasser.

- Tu es fou Alex ! Je ne peux pas descendre. Je suis en arrêt maladie, au cas où tu l'aurais oublié.

- Ta belle-sœur est-elle là ?, dis-je.

- Pas encore. Elle sera là dans une heure, peut-être. Que veux-tu ?

Je raccroche. C'est en courant que j'arrive à sa porte. Elle m'ouvre et manque de s'étrangler :

- Je t'ai dit de ne pas venir, Alex. Ma belle-sœur Aurore ne va pas tarder.

- On dit joyeux anniversaire, mon amour.

Je la lève de terre et l'entraine jusque dans sa chambre. Je ferme la porte, la pousse sur le lit et me débarrasse de mon chemisier. Elle riposte et me dit :

- Il faut que tu t'en ailles, Alex. Aurore ne va pas tarder.

Je dégrafe mon pantalon et lui dit calmement :

- Tu ne m'as toujours pas souhaité joyeux anniversaire, chérie.

- Que fais-tu ? Alex ! ALEX !

- J'adore t'entendre crier, lui dis-je, alors que ma tête va se fourrer sous sa jupe.

Je lui lève les jambes vers le ciel. A travers la toile légère de son string, je titille sa vulve. Elle se débat alors et arrive à m'échapper en se mouvant sur le lit. Je me lève, sourit et lui dit :

- je voulais juste te gouter et garder ta saveur sur le bout de la langue.

- Tu es complètement fou ! me dit-elle la mine boudeuse.

Je me passe la main sur le visage et lui réponds :

- C'est l'effet que tu me fais. A chaque fois que je meurs de soif, c'est à ta source que j'aimerais m'abreuver, fais-je en passant la langue sur mes lèvres. Je ne t'ai toujours pas entendu me souhaiter joyeux anniversaire !

Là, je me rapproche d'elle et elle se lève subrepticement pour m'échapper.

- Tu rapportes toujours tout au sexe.

- Dixit celle qui me crie à chaque fois que ma bite est sucrée !, lui dis-je cash.

Là, elle rougit simplement.

Je reprends mon pantalon et me vêts tranquillement. Je prends ensuite ma chemise. Je suis prêt à partir mais avant, je veux être sûr qu'elle et moi sommes sur la même longueur d'ondes.

- Tu t'en vas ?

- Oui, je m'en vais. Je ne suis pas le bienvenu ici, alors, je m'en vais.

Elle baisse la tête et me dit :

- Ne le prends pas mal. C'est juste que j'ai très peur que ma belle-sœur nous voie ensemble.

- Je comprends.

Quand je finis de boutonner ma chemise et que je tourne le talon, c'est elle qui se jette sur moi et me retiens.

- Je t'aime Alex. Je...

Elle tremble comme une feuille morte sous le vent.

- Je t'ai dit que tout ira bien Daisy. Pourquoi te fais-tu autant de mal à rabâcher des choses qui n'en valent pas la peine.

Elle resserre son étreinte autour de ma taille et je sens ses larmes qui mouillent ma chemise. Là, je lui prends le visage dans les deux mains et l'embrasse sur les deux joues pour l'empêcher de pleurer. Au moment où je veux m'en aller, quelqu'un appelle depuis le salon.

« Aurore, hello ! Tu es là. La porte était ouverte. »

ZUT ! Comment vais-je sortir d'ici ? Daisy me fait alors signe de me taire. Elle me murmure : « C'est ma belle-sœur. De grâce, reste dans la chambre et n'en sors pas. »

Je veux lui dire qu'il faut que je parte parce que mon professeur particulier m'attend... Elle me supplie de ne pas bouger.

Et pour s'assurer de cela, elle m'enferme à double tour dans sa chambre et s'en va retrouver sa belle-sœur !

MERDE !

Il est 17h 30 quand je me rends compte que je tourne en rond dans cette pièce. Bientôt, j'en connaîtrai le moindre millimètre. Les murs tout blancs, la fenêtre plein pied, les voilages roses et ce lit majestueusement posé là, en plein milieu. Ma prison du moment est vraiment coquette !

Il est 18h 30 quand mon téléphone vibre. C'est un appel de mon répétiteur. Il est sacrément remonté contre moi. Je m'excuse. Il raccroche. Je décide de me coucher sur le lit.

A 19h quand ma mère m'appelle, en se plaignant qu'en sortant du boulot elle s'est directement rendue au restaurant et que je n'y suis pas, le premier reflexe qui me vient est de lui dire : « maman, je suis désolé. Les gars de l'équipe de basket ont improvisé une petite fête pour moi. J'en ai encore pour quelques minutes et je suis à vous. »

Elle peste encore au téléphone et me demande d'arriver au plus vite.

Il est 20h quand je comprends que si je n'agis pas, je risque gros. Je viens coller l'oreille contre la porte. Je n'entends rien. Je reviens vers la fenêtre et regarde s'il y a moyen de sortir d'ici sans attirer l'attention. Comme l'appartement est au deuxième, impossible pour moi de sortir sans me faire repérer par le voisin d'en bas. Je suis prisonnier, simplement.

Il est 21h quand enfin la clé tourne dans la serrure. Daisy apparaît et me dit :

- Oh ! J'avais complètement oublié que tu étais là ! Zut alors ! On était sorti prendre un verre.

Je la regarde et l'éclat de son visage m'empêche net de m'énerver. Vu que ma vie est déjà par terre, je décide d'aller vers elle et de l'embrasser. Elle me murmure alors :

- Joyeux anniversaire Alex.

- Ce n'est pas trop tôt.

- Attends. J'ai quelque chose pour toi.

Elle tend alors un paquet cadeau et me dit :

- Je l'ai acheté il y a un mois. Tu l'ouvriras quand tu seras rentré.

- Merci, beauté. Je t'appelle tout à l'heure. Pour l'instant, il faut que je file. Ma mère va m'étrangler. Je les ai fait poireauter au restaurant.

- Réfléchis la prochaine fois avant de venir. Tu as de la chance que ma belle-sœur soit encore au restaurant avec ses collègues.

Je l'embrasse et me sauve rapidement.

Quand j'arrive à la maison, mon père me fait signe que je suis mort. Il sourit et va tranquillement dans sa chambre. J'arrive dans le salon. Là, ma mère me saute dessus et me dit :

- D'où sors-tu Alex ?

Je recule d'un pas et cherche mes mots. Je remarque alors Marysa qui est là à côté de Léonne. Ma voix d'un coup, me lâche. Impossible de parler.

Marysa se lève alors de son fauteuil et vient vers moi.

- Regarde ! Il y a du rouge à lèvres sur ta chemise !, me fait-elle remarquer, avant de repartir vers son fauteuil.

Elle prend le paquet cadeau qu'elle a pour moi. Elle arrive vers moi et le jette à mes pieds avant de partir en disant au revoir à tout le monde.

Mon procès commence alors. Ma mère me pose question sur question. Elle veut savoir d'où vient cette trace de rouge à lèvre.

- J'étais dans un bar avec des amis. Il y avait des filles. Elles m'ont chauffé et voilà.

- C'est aussi simple que ça, tu crois ? Laisse-moi te dire que tu n'es qu'un imbécile, Alex. Tu fais poireauter ta famille et ta petite amie au restaurant pour danser avec des allumeuses dans un bar ? Qu'est ce qui ne tourne pas rond dans ta tête.

J'ai envie de lui dire qu'elle me fait chier avec ses questions. Mais c'est elle le chef ! C'est elle qui décide. Alors, je me contente de garder le silence en espérant que la tempête se calme. Là, elle m'annonce :

- A partir de maintenant, pas de sortie sans autorisation. Je viendrai moi-même te chercher à la sortie du lycée chaque jour.

Comme je m'en fous, je me contente d'acquiescer et de monter dans ma chambre. Dans mon dos, je l'entends crier :

« Cet imbécile vient de compromettre ses chances avec une fille bien élevée de bonne famille ! »

Elle crie dans ma direction : « Ramène moi une fille de bas étage ici et tu auras affaire à moi, Alex ! »

Je me contente de prier intérieurement que le 1er août arrive rapidement. A moi la liberté à Cape Town.

Avant de m'endormir, je compose le numéro de Marysa. Elle me répond en me culpabilisant.

- Comment as-tu pu me foutre la honte de cette façon, Alex ! Une pute dans un bar ! Je n'en reviens pas !

Là, il n'en faut pas longtemps pour qu'elle fonde en larmes alors que je tente de sauver l'affaire. Elle finit par me raccrocher au nez en m'envoyant au diable.

Je pense aux deux cadeaux que j'ai reçus, celui de Marysa et celui de Daisy. Ce sont les mêmes. Cette tablette Samsung qui me fait rêver depuis quelques semaines. J'ai dû vraiment beaucoup en parler pour que l'une comme l'autre me l'offre aujourd'hui.

Une semaine durant, ma mère me fout la pression pour que je recolle les morceaux avec Marysa. Voilà comment je me retrouve à faire la capette pour la convaincre de me pardonner. Une semaine. C'est le temps qu'il faut pour qu'elle accepte de me dire : « Je veux bien te pardonner, mais la prochaine fois que tu me fais un coup pareil, c'est fini entre nous. »

J'aurais tellement aimé qu'elle ne soit pas aussi clémente envers moi...

****

Le mois de juin et ses douceurs.

15 juin 2011

Cela fait une semaine que je n'ai pas vu Alex. C'est difficile de le savoir loin de moi. Le manque est autant physique qu'émotionnel car, depuis son anniversaire, je ne l'ai vu que deux fois. La première fois, il a séché un cours entre 14h30 et 17h. Il est venu me retrouver à la maison. La seconde fois, c'était il y a quelques jours, un vendredi, en pleine nuit. Il est arrivé à 23h et est reparti à 4h du matin.

Toute la nuit nous nous sommes aimés comme si la fin était proche. Car, plus passent les jours, plus je l'ai dans la peau. Au point que j'en arrive à pleurer chaque fois que je pense à lui sans pouvoir le voir.

Ce matin, en arrivant au lycée, je retrouve mes collègues dans la salle des professeurs. Je les salue. Ils me répondent poliment. Is commentent les sujets tombés au baccalauréat français qui a commencé hier avec l'épreuve de philosophie.

- Ils auront fini à la fin de la semaine, me dit un collègue. Je donnerai ces sujets là à mes élèves pour les préparer à l'examen.

Pour nos élèves à nous, le Bac, c'est le mois prochain. Les élèves redoublent d'ardeurs en classe et le stress monte. J'imagine Alex en ce moment en plein examen. J'ai hâte que cela finisse et qu'il ait les résultats. Et après ???

Je ne me pose pas de question sur après. Je veux croire que notre relation est viable mais qui sait. Il doit penser à ses études. La vie continue. Et moi, je n'ai peut-être pas intérêt à ce que cette histoire se sache.

Je me lève après avoir discuté avec tout le monde. Au moment de sortir, je suis prise d'un vertige qui manque de me faire atterrir par terre. Heureusement pour moi, Théo est là. Il me relève et me dit :

- Je t'accompagne à l'infirmerie.

Il me soutient pour m'aider à marcher. Nous arrivons à l'infirmerie et malgré mes protestations, l'infirmière insiste pour que je me couche et me repose un instant. Théo nous laisse. Alors que je pense pouvoir rapidement retrouver mes reflexes, une forte envie de vomir me prends. Rapidement, je descends du lit et vais vomir dans la poubelle.

- Madame Inanga, à quand remonte vos dernières règles ?, me demande l'infirmière.

- C'est quoi cette question ? J'ai sûrement avalé quelque chose qui ne passe pas ! Qu'est ce que cela à avoir avec mon cycle menstruel.

Elle me regarde, sors un bloc et note quelque chose sur une page.

- Si j'étais vous, j'irais faire ces examens, ou à défaut, achetez-vous un test de grossesse.

Je reste bouche bée en entendant cela.

- Je ne suis pas enceinte, Cornélia !

- Je ne suis pas votre mère. Alors, allez vous justifiez devant quelqu'un d'autre.

Je regarde cette femme aux manières fort bourrues, puis sort de là avec la ferme intention de faire démentir ce qu'elle vient de dire.

Pendant toute la matinée, je me sens fort mal à l'aise. A midi, je me dépêche de grimper dans ma voiture. Je vais en direction de la pharmacie centrale. J'y achète un test de grossesse. A la maison, je fais le test. Je vis ensuite les secondes les plus longues de ma vie.

ET BAM ! LE TEST EST POSITIF

Je retourne tranquillement au lycée pour les deux heures de cours avec les 1ères. Dans mon esprit, c'est la panique. Enceinte ? Ce n'est pas possible.

Je sors de classe à 17h30 et vais directement dans une clinique privée. Après avoir payé pour la consultation chez le gynéco, j'attends tranquillement assise face à plusieurs jeunes femmes, dont certaines ont de gros ventre. Je suis la dernière à passer. Le médecin me demande pourquoi je suis là :

- J'ai fait un test de grossesse qui s'avère positif. Je veux savoir si je suis réellement enceinte.

Il me regarde et demande :

- Date des dernières règles.

- Je ne sais pas. Je ne m'en souviens pas, docteur.

- Nous allons faire une échographie. Enlevez vos chaussures et installez-vous sur la table de consultation.

Il me demande de relever ma robe et de me détendre. Ce que je fais avec quelques appréhensions. Au bout de ce qui me parait une éternité, il laisse circuler la sonde sur mon ventre.

- Vous êtes bien enceinte. Regardez, vous voyez ici, c'est la tête de votre bébé. Félicitations, madame Daisy.

Il continue tout en commentant ce qu'il voit. Bientôt il me demande de me relever.

- C'est une bonne nouvelle, j'espère.

Instinctivement, un sourire s'affiche sur mon visage. JE SUIS ENCEINTE !

- Comme je le disais, madame Daisy, vous en êtes à 7 semaines de grossesse. Le bébé se porte bien. Vous devriez déjà vous procurer un carnet de suivi de grossesse et prendre rendez-vous pour votre premier examen. Je vous conseille de ne plus porter ses talons aiguille que vous avez aux pieds. Arrêtez de consommer de l'alcool ou de fumer, si vous le faites.

Il remplit un dossier de consultation qu'il me remet au bout de dix minutes.

- Toutes mes félicitations au papa. Bonne chance pour les prochains mois.

Je sors de cette clinique avec le cœur en joie. Je n'arrive pas à définir le bonheur, le bien-être qui se saisit de moi. J'ai l'impression de renaître, d'être quelqu'un d'autre. Je ne savais pas qu'il était possible d'être aussi heureuse. Longtemps assise dans ma voiture, je caresse mon ventre à travers ma robe. Comment est-ce possible que je ne m'en sois pas rendu compte ? Je me pose la question mais je sais que je n'aurai pas de réponse. Je reste là à relire le compte-rendu d'échographie du médecin. Sept semaines. 7 semaines.

Je décide de garder la nouvelle pour moi. Du moins, jusqu'à la publication des résultats du Bac.

Les jours suivants passent tranquillement. Le vendredi après-midi, après les cours, je vais directement à la maison déposer mon cartable et prendre mon trolley. Je vais passer le week-end à Libreville chez ma mère.

*****

Vendredi 24 juin.

Nous sommes vendredi. Les épreuves du Bac sont terminées depuis quelques jours et nous attendons les résultats. Je passe beaucoup de temps avec Marysa, mais ce soir, j'ai envie de dormir dans les bras de Daisy, alors, je l'appelle alors qu'il n'est que 15 heures.

- Hello. Comment va la plus sexy de toutes les femmes.

- Je vais bien, mon beau. Et toi ? J'ai l'impression que cela fait une éternité que je ne t'ai pas vu.

- Raison pour laquelle je t'appelle. J'arriverai chez toi à minuit.

- Je suis désolé, Alex. Je vais à Libreville. Ma grand-mère est malade. Elle me demande.

- Zut alors ! Ça tombe vraiment mal ! J'avais envie d'être avec toi.

- On parle de ma grand-mère, Alex. Je tiens beaucoup à elle.

- Je comprends. A quelle heure est ton vol.

- Convocation 17H30. Décollage une heure après.

- Je passe te dire au revoir à l'aéroport.

- Alex ! Non...

- A tout à l'heure, bébé.

Je raccroche, fait les cent pas dans la cuisine puis vais prendre une douche. Je passe ensuite une heure à jouer sur ma PlayStation, puis quand vient l'heure de bouger, j'y vais en taxi. J'arrive juste à temps pour la voir enregistrer. Ensuite, elle accepte de me suivre. Nous marchons tranquillement en dehors de l'aéroport. Je la trouve très silencieuse. Je l'arrête un instant et lui demande ce qui ne va pas.

- Je pense à toi, à comment tu te sentiras dans quelques jours.

- Je serai le plus heureux des hommes. J'espère que tu as préparé ta robe car je t'emmènerai diner.

- Alex, sois sérieux.

- Je le suis, Daisy. Choisis une jolie robe, ma jolie ! Ce Bac, c'est dans la poche !

Alors qu'approche le moment de nous séparer, sans même regarder ni à gauche ni à droite, j'emprisonne son visage entre mes mains et lui donne un long baiser gourmand.

- Tu me manques tellement !, lui dis-je, alors que nos visages se séparent.

- Tu es complètement fou, Alex ! Tout le monde a dû nous voir.

- La semaine prochaine je crierai à tout le monde que tu es la femme de ma vie.

Elle s'en va en me souhaitant de passer un bon week-end.

Quand j'arrive à la maison, Marysa m'y attend.

- J'ai commandé une pizza, me dit-elle. On se fait une partie de PS ?

*****

Il est 18h, ce dimanche 26 juin, quand l'avion qui me ramène de Libreville atterrit à Port-Gentil. Je me dépêche de descendre avec l'intention d'aller directement vers le parking. J'ai hâte d'être dans mon lit.

Sitôt que j'ai refermé la porte de l'appartement, je reçois le coup de fil d'Alex qui me dit qu'il viendra se glisser dans mes draps à minuit. Je lui demande alors s'il ne pourrait pas venir une heure plus tôt.

- A tout à l'heure, bébé. Je t'aime, me dit-il.

J'ai à peine reposé le téléphone quand j'entends sonner à ma porte. Je vais regarder par le judas et aperçois deux policiers en uniforme. J'ouvre la porte sans trop me méfier. D'entrée de jeu, avant même de m'avoir dit quoi que ce soit, les deux policier me retournent et me passent les menottes. Je crie en leur disant de me dire ce qui se passe. Ils se contentent de me pousser et de me faire descendre de force. Arriver au premier, je crie à la voisine ;

- Lucille, Lucille. Ces policiers m'emmènent je ne sais où ! Appelle mon frère et dis-lu que je viens d'être kidnappée. LUCILLE...

Personne ne répond à mon appel. Mon voisin d'en face travaille en horaires décalé. Celui du bas est en mer. Personne n'est témoin de cet enlèvement....

******

Il est 23 heures quand j'arrive chez Daisy. Je monte en composant son numéro pour lui signifier que je suis là. En arrivant devant sa porte, j'entends le téléphone sonner. Je raccroche, recompose son numéro. Le téléphone sonne de nouveau. Elle ne vient pourtant pas ouvrir. Je suppose alors qu'elle est dans la douche. J'attends. En voulant m'appuyer contre la porte, je baisse sans le vouloir la poignée et la porte s'ouvre. Je remarque le bagage de Daisy dans le salon, les clés de sa voiture posées sur le guéridon à l'entrée. Son téléphone est par terre. Vu comment elle adore son HTC, je suis étonné de le voir là. Je l'appelle en passant dans la cuisine, dans les deux chambres, dans la douche. Personne ne répond. Je ramasse son téléphone et remarque qu'elle a reçu 12 appels en absence. Je suis intrigué et décide donc de rester là, en me disant qu'elle est peut-être en bas chez la voisine.

Quand, à minuit, elle n'est toujours pas revenue, je m'inquiète. Je descends cogner chez Lucille. Elle vient m'ouvrir en grognant.

- Que veux-tu à une heure pareille, Alex ?

- J'étais chez Daisy mais elle semble être partie précipitamment. Son bagage est là, son téléphone était par terre. La porte de l'appartement n'était pas fermée à clé.

- Tiens donc ? Ce n'est pas dans ses habitudes. Ecoute, rentre chez toi. Je vais appeler un de ses frères pour savoir s'ils ont des infos.

- Je ne m'en irai pas sans savoir. Voilà son téléphone. Appelle-le maintenant.

- Il est minuit, Alex ! Je ne vais pas le déranger maintenant !

- Tu me caches quelque chose ! Elle a rendez-vous avec quelqu'un d'autre !

Elle me regarde sans rien dire puis me dit :

- Rentre chez toi ! Daisy est une grande fille.

- Je reviens demain matin. J'espère qu'il y aura du nouveau.

Je rentre à la maison, le cœur en lambeaux. Où peut-elle bien être.

Il est 10 heures le lendemain quand j'arrive à m'échapper de la maison, où j'abandonne Marysa et Léonne en pleine partie de Monopoly. Je cours vers chez Daisy. Quand j'y arrive, tout est dans le même état. J'appelle son numéro. C'est Lucille qui me répond :

- Ecoute Alex ! La situation est grave car nous ne savons pas où se trouve Daisy.

-As-tu appelé sa famille à Libreville ?

- Oui. Son frère aîné prend l'avion aujourd'hui même. Il sera là en soirée. Nous avons appelé les hôpitaux et cliniques. Cela n'a rien donné.

Je rentre à la maison avec l'esprit complètement retourné. Comment est-ce possible que quelqu'un disparaisse ainsi dans Port-gentil ? Mon cœur n'est pas tranquille. Quand j'arrive à la maison, j'évite les filles et vais m'enfermer dans ma chambre. Je reste prostré dans mon lit pendant près de 3 heures. Puis, je décide qu'il me faut agir. J'appelle alors mon père. Il me répond au bout de 5 sonneries. Je lui annonce de bout en blanc :

- Papa, une de mes profs a des soucis ! Elle a disparu et la famille n'a aucune idée de l'endroit où elle se trouve. Est-ce que tu peux faire quelque chose pour les aider.

- Je peux, oui. Donne-moi son nom.

- Daisy. Daisy Inanga.

-C'est ta prof, c'est ça ? Rien avoir avec ton amoureuse ?

- C'est ma prof, oui.

- Laisse-moi mettre la police sur le coup. Il me faudra plus d'informations mais je t'appellerai pour ça. A tout à l'heure.

Il est 19 heures quand papa arrive. Cela fait déjà une heure que maman est rentrée. Nous sommes assis à la table de la cuisine, Léonne et moi. Maman met la dernière touche au repas de ce soir. Papa arrive. Contrairement à son habitude, il vient poser sa sacoche sur la table dans la cuisine et dit en s'adressant à maman ;

- Madeleine, je ne comprends pas ! Explique-moi comment il est possible que la femme d'un magistrat se comporte comme un malfrat ?

- Léonne, va dans ta chambre, ma chérie ! lance maman à ma sœur, qui s'exécute aussitôt.

Une fois ma petite sœur partie, ma mère fixe son époux du regard :

- Je t'écoute, Marc. Tu disais ?

- Madeleine ! Tu es mon épouse. Je parle de droit à longueur de journée et toi, tu décides de marcher sur tout cela en agissant comme un gangster. Dis-moi depuis quand t'arroges-tu le droit d'agir dans mon dos en me ridiculisant.

- Oh ! Tu veux parler de ta maitresse, cette prof de français ? Dis-moi Alex, tu connais Daisy Inanga ? Elle est prof de français dans ton lycée ? Figure-toi, mon fils, que vendredi matin, j'étais tranquillement assise dans mon bureau quand j'ai reçu un coup de fil anonyme.

- C'est quoi cette histoire ?, l'arrête mon père

- Donc, comme je disais, mon cher fils, je reçois ce coup de fil. Une jeune femme me dit, madame Bengault, tout le monde vous connait en ville. Je vous annonce que votre mari a une maitresse et que cette dernière est enceinte de lui.

J'ai un haut le cœur en entendant ce que raconte ma mère.

- Donc, la jeune femme me dit que mademoiselle Daisy Inanga est professeur de français dans ton lycée et qu'elle est la maitresse de mon poux depuis plus de 6 mois. On m'annonce qu'elle est enceinte.

- Madeleine ! Est-ce que tu t'entends parler ? On t'annonce que cette femme est enceinte et toi, tu envoies ton idiot de frère, ce flic à deux sous et un de ses collègues, pour la foutre en taule ! Tu es vraiment inhumaine, ma pauvre femme ! Jamais je n'aurais pensé cela de toi ! Jamais ! Tu me déçois vraiment !

Daisy en taule ! J'en reste sans voix. Un frisson me parcours la colonne vertébrale. Je suis incapable d'articuler le moindre mot. Là, je me lève de ma chaise et me dirige vers le couloir qui mène aux chambres. Je laisse mes parents se disputer tranquillement.

Quand j'arrive dans la chambre, je compose le numéro de Daisy. C'est l'un de ses frères qui me répond en disant : « Ma sœur se repose. Veuillez appeler demain. Jeune homme, dites à votre mère qu'elle ne perd rien pour attendre. »

Il raccroche. Je reste là avec mes incertitudes.

Mon père arrive une heure plus tard dans ma chambre. Il referme à clé derrière lui et me dit :

- Jeune homme, il faut qu'on parle !

- Je suis désolé, papa. C'est moi qui ai fait courir la rumeur que Daisy était ta maitresse.

- Ça, je l'ai bien compris. J'ai aussi compris qu'entre vous, il se passait ou se passe quelque chose. Je l'ai eu tout à l'heure dans mon bureau. Elle est enceinte, Alex. Le savais-tu ?

Je baisse la tête avant de répondre :

- Non ! Je ne le savais pas. On aurait dû se voir hier dans la nuit mais j'ai constaté sa disparition.

- Alex, ta mère se pose mille questions. Si je ne suis pas l'amant de cette femme, comme elle le pense, il va bien falloir que tu te désignes, tu ne penses pas ?

- Je ne m'attendais pas à ce que cela cause autant de problèmes. C'est juste une histoire d'amour, papa. Je l'aime, elle m'aime. Pourquoi cela fait autant de bruit ?

- Alex ! L'amour fait toujours du bruit. Maintenant, descends et viens nous retrouver dans le salon.

Quand nous arrivons dans le salon, maman a le visage fermé, les bras croisés autour de sa poitrine. Ses yeux ressemblent à des révolvers prêts à tirer. Je m'assois à une bonne distance d'elle ; elle feint de s'intéresser aux informations télévisées. Papa se saisit de la télécommande de la télévision et arrête le son. Il prend alors la parole et dit !

- Madeleine, ton fils a quelque chose à te dire. Déride ton visage, s'il te plait.

Elle ne réagit pas. Alors, papa lui annonce :

- La jeune femme que tu as faite boucler est la petite amie d'Alex. Il en est très amoureux et il n'était pas au courant qu'elle est enceinte.

- Dis-moi, Alex. Combien te paie ton père pour que tu endosses cette affaire à sa place ?

Je ne réagis pas. Papa dit alors à maman :

- Ecoute Madeleine, on parlera plus tard du peu de confiance que tu as en moi. Pour le moment, je te demande de faire preuve de plus d'intelligence en écoutant ce que ton fils a à te dire.

Maman toise papa puis se reporte vers moi.

- Je t'écoute Alex. C'est quoi ton problème ce soir ?

Je réunis tout le courage dont je suis capable et dis :

- Daisy et moi sommes amoureux l'un de l'autre. Nous sommes en couple depuis le mois de décembre. Je l'aime.

L'annuaire posé sur le guéridon à la gauche de ma mère, m'atterrit en plein visage ! Elle l'a lancé avec une telle force, que mon nez saigne aussitôt !

- Espèce d'abruti. Tu peux répéter ce que tu viens de dire. Elle se lève et esquisse un pas pour arriver à moi. Là, papa fait barrage entre nous et dit :

- Madeleine ! La violence ne résout rien. Calmons-nous et parlons tranquillement.

- Ah bon ! Parlons tranquillement ! Mais Marc, qu'est ce qui ne va pas chez toi ? Tu penses que j'envoie mon fils au lycée pour qu'il se fasse dépuceler par sa prof ? Tu trouves ça normal toi, que cette femme, qui est censée l'instruire, se fasse engrosser à la place ? Ce n'est pas possible ! On marche sur la tête. Et cet imbécile de fils, qui a un avenir tout tracé ose me sortir des conneries du genre, on est amoureux. A quel moment t-a-t-elle convaincu de jouer cette comédie ? C'est mon argent et celui de ton père qui l'intéresse, triple idiot. Ce n'est pas possible. Voilà ce qui arrive quand on a un père aussi permissif que toi, Marc ! Avec toi, rien n'est jamais grave. Je peux sévir, mais jamais tu ne me suis. Et maintenant ça ? Dis-moi Alex, que t'a-t-elle promis pour que tu atterrisses dans son lit ? Avais-tu besoin de répondre à ses avances ?

Elle semble en transes, incapable de tenir sur place. On dirait qu'elle a en même temps la tête en feu et l'esprit en lambeau. Elle échappe à la vigilance de papa et me tombe dessus. Elle me tire par le col de mon polo et me dit :

- Tu as une fille bien éduquée, jolie et de bonne famille comme petite amie et tu décides d'aller te fatiguer dans le lit d'une vieille ! Alex, regarde-moi dans les yeux et dis-moi ce que cette femme t'a fait miroiter pour que tu décides de mettre ta vie par terre !

Je suis incapable de parler. Papa arrive à me dégager et me dit :

- Eloigne-toi, Alex. Tant que ta mère n'a pas retrouvé un peu de sérénité, ne l'approche pas.

- SERENITE ! De qui te moques-tu, Marc ! Tu n'as pas encore compris ce qui se joue là ! Tes oreilles sont-elles bouchées ? Cette femme, je vais la faire enfermer ; mon fils est mineur. Elle n'avait pas à coucher avec. Dès demain, je vais voir un avocat. Cette putain ira en prison, crois-moi.

- Calme-toi, Madeleine. Tu ne feras enfermer personne !, lui fait mon père. Alex a atteint la majorité sexuelle et il vient de te dire qu'il en est amoureux.

- Il est sous influence, ce maboul ! Regarde-le. Tu peux me dire avec quelle bite il a pu coucher avec cette femme ?

- Madeleine ! C'est quoi ces façons de parler ?

Je remarque alors que Léonne se tient debout contre un mur et assiste à ce spectacle sans dire un mot.

-Cette femme ira en prison, croyez-moi. Je la ferai enfermer. Tu vas me donner son numéro de téléphone tout de suite !, me menace-t-elle.

Là, sans même siller, je lui dis :

- Je ne l'ai pas.

-Ah bon ! Tu ne l'as pas. Eh bien, demain matin, nous irons la voir. Tu verras comment je me charge des putains qui se font mettre des bâtards dans le ventre par n'importe quel rigolo de passage et en impute la faute à de jeune élèves qu'elles sont censées enseigner.

Là, elle repousse papa et quitte le salon sans plus se retourner. Je reste là dans le salon avec papa et Léonne qui s'approche pour s'asseoir dans le canapé. Mon père me demande alors :

- Alex, t'a-t-elle obligé à coucher avec elle ?

- Non, papa. Je t'assure que non. C'est moi qui lui ai couru après. Elle paniquait à l'ide que tout le monde apprenne notre histoire. Maintenant, je comprends mieux pourquoi, dis-je me rasseyant confortablement.

Ma petite sœur, qui a tout juste 14 ans, me dit :

- Tu as menti à Marysa. Tu aurais dû lui en parler. Ce n'est pas gentil.

- En effet ! dit papa. Alex aurait dû lui en parler. Du moins aurait-il dû choisir entre les deux.

- J'aurais choisi Daisy.

- Mais Marysa est plus jeune ! Et l'autre, c'est ta prof, Alex.

- C'est une femme, je suis un homme. Arrêtez de voir l'impossible là où il y a de l'amour !, dis-je excédé.

- Oh ! Mon fils est un poète !, lance mon père avec ironie. Allez, tout le monde au lit. Demain est un autre jour.

Le lendemain, en me réveillant, je constate que ma mère est dans ma chambre.

- Dépêche-toi de t'habiller. Je veux te voir en bas dans 15 minutes !

Je m'exécute sans poser de question. Je prends rapidement une douche, enfile un pantalon et un polo. Je me saisis de mon téléphone et envoie deux messages à Daisy pour lui dire que je pense à elle et que je passerai la voir une fois que ma mère se sera calmée.

Quand j'arrive en bas, je regarde l'heure à la pendule du salon. Il est 7h. Mon père est encore là et lis un journal dans la cuisine. Quand il me voit arriver, il me demande :

- Où vas-tu de si beau matin ?

- Maman m'a demandé de me préparer. Je ne sais pas où elle m'emmène.

- Oh là là ! Allez viens. Suis-moi rapidement.

Là, c'est d'un pas rapide que nous sortons de la maison. Nous montons en voiture. Il m'emmène à son bureau. Arrivé là, je le vois fouiller dans l'un de ses tiroirs. Il en sort une enveloppe contenant de l'argent. Il me dit alors :

- Prend ce bloc-notes et écrit un mot à cette Daisy.

Je m'exécute et les seuls mots qui me vienne sont : *je t'aime plus que tout au monde, Daisy.*

Cela fait, il ouvre l'enveloppe et glisse le mot à l'intérieur. Ensuite, il appelle la compagnie Africaviation. Ils ont un vol qui décolle à 8h 30. Mon père sort alors la copie couleur de mon passeport qu'il garde dans ses affaires, me demande de remonter avec lui en voiture. Nous arrivons à l'aéroport. Il paie un billet d'avion pour moi. J'enregistre. Nous allons ensuite nous asseoir plus loin, alors que mon téléphone et le sien sont harcelés par les appels de maman. Il me dit alors :

- Je te connais assez pour savoir que si cette jeune femme est enceinte, c'est que tu l'as voulu. C'est votre façon à vous d'emprisonner la personne que vous aimez, c'est ça ?

Je baisse simplement la tête car au fond de moi, je sais que si je ne suis pas si craintif que ça à l'idée de devenir père, c'est qu'inconsciemment, je l'ai voulu.

Mon père se saisit de son téléphone et compose le numéro de mon oncle André qui vit à Libreville.

- Bonjour André. Je t'appelle pour te demander de passer chercher Alex à l'aéroport. Son avion d'école dans moins d'une demi-heure... D'accord. Je t'appelle quand l'avion aura décollé.

Il raccroche. Je le regarde et lui dis :

- Les résultats du Bac c'est dans quelques jours.

- Tu rentreras la veille ! Pour l'instant, je préfère te savoir loin des griffes de ta mère.

Il reste avec moi jusqu'au dernier moment et me regarde partir quand l'embarquement débute. Au moment où je m'installe dans l'avion et attache ma ceinture, j'envoie un message à Daisy, lui disant que je vais à Libreville mais que je pense à elle. J'en envoie un autre lui demandant de m'appeler dès qu'elle le peut.

L'avion décolle. Après une demi-heure de vol, nous arrivons à Libreville. J'y retrouve mon oncle qui me dit :

- Tu es pire qu'un touriste, fiston ! Tu voyages en babouche, sans même un sac à dos. Qu'as-tu fait pour que ton père se débarrasse de toi ainsi ?

Je passe les deux jours suivants à envoyer des messages à Daisy sans jamais recevoir de réponse. Je ne parviens pas à lui parler au téléphone, car je tombe sr sa messagerie. Je me demande ce qui se passe. Le jeudi matin, je reçois un appel de Marysa. Elle est très calme. Elle me dit simplement :

- Tu m'as prise pour une conne Alex.

- Marysa, je...

- Tu peux aller au diable avec ta pute et son bâtard ! Je suis sûre qu'il n'est même pas de toi. Cette vieille te refile le gosse d'un autre, et toi tu cours comme un imbécile.

- Toi, tu as parlé à ma mère, c'est ça !

- Va au diable, Alex ! Tu me le payeras. Tiens, tu n'auras qu'à lire L'UNION demain. Ça te remettra les idées en place. Je te hais !

Elle raccroche, me laissant abasourdi.

Vendredi 1er juillet.

Je me suis levée aux aurores ce matin et suis allongée dans le canapé du salon. Mon frère arrive et me demande si j'ai mangé.

- T'inquiète pas Jacques. Je vais très bien. Je ferai à manger quand j'aurai faim.

- Laisse-moi te préparer tout ça. Tu as entendu le médecin, tu dois manger et te reposer.

- Ok ! D'accord.

Jacques n'est pas reparti à Libreville depuis qu'il est arrivé lundi. Heureusement qu'il est là à mes côtés. Comme rien ne se cache à Port-Gentil, mes collègues sont au courant de mon « incarcération ». Tout le monde y est allé de son commentaire, en me traitant de voleuse de mari. Tout cela à couvert. Mes collègues ont le chic de lancer des pamphlets quand il serait plus simple de venir me voir et de me dire ce qu'ils pensent réellement. Hier, ma tension a drastiquement baissé. J'ai été d'urgence emmenée à l'hôpital. Le médecin m'a signé 5 jours d'arrêt maladie. Mon grand frère est venu me récupérer. Depuis, il fait le docteur en veillant sur moi.

Nous discutons calment en mangeant. J'aime l'idée qu'l ne me juge pas. Je lu ai tout raconté à propos d'Alex et moi. Il m'a simplement dit :

« Je ne veux pas te lancer la pierre. J'espère simplement que cela ne portera pas préjudice à ta carrière. »

Mon petit-déjeuner avalé, je me recouche dans le canapé et mets la télévision en marche pour regarder mes séries policières. Quelqu'un sonne à la porte. Mon grand frère va ouvrir. Un monsieur, vêtu d'un costume bien repassé, entre et demande à me voir. Mon frère l'invite à le suivre dans le salon.

Arrivé là, le monsieur me salue, me tend une enveloppe en papier kraft et me dit :

« Je suis envoyé par le Président du tribunal. Je suis son neveu. Il me demande de vous remettre cette enveloppe. Au revoir madame. »

Le monsieur s'en va et mon frère referme la porte à clé. Je me redresse alors et décide d'ouvrir la fameuse enveloppe. J'en sort une seconde, que j'ouvre elle aussi. Elle contient une liasse de billets de dix mille francs et un chèque de 800 mille francs, signé et rempli à mon nom. J'en tire aussi une feuille de papier sur laquelle Alex a écrit qu'il m'aime.

Mon frère me regarde sans mot et me demande :

- Tu vas bien ?

- Oui. Je vais bien.

Je range l'enveloppe sous mon oreiller et décide de penser à autre chose. J'ai arrêté mon téléphone depuis quelques jours, car je recevais des messages salaces de la part d'inconnus qui me proposaient leurs services sexuels tout en se marrant. J'ai besoin de garder la tête froide. Je pense à Alex. Je me demande comment il va, comment il encaisse tout cela et surtout, s'il est vraiment prêt pour la suite. Je me dis que peut-être j'aurais dû être plus prudente et faire plus attention à mon cycle. Où est-il en ce moment ?

Il est midi et mon frère sifflote dans la cuisine. Quelqu'un sonne alors à la porte. Mon frère sort de la cuisine et va ouvrir. Là, nous sommes tous les deux surpris de voir entrer une femme en colère. Je sais que c'est la mère d'Alex. Elle est grande, d'un gabarit imposant. Son visage est fermé. Elle est vêtu d'un tailleur bleue marine rehaussé par la blancheur de la chemise qu'elle porte en dessous. Ses doigts sont manucurés, ses escarpins, cirés. Son parfum est le signe même du bon goût. Elle porte en main un sac Lancel.

Elle ne s'embarrasse pas des formalités d'usage. Elle va droit au but en me disant :

- Je n'ai pas mis mon fils dans ce lycée pour qu'il atterrisse dans votre lit. Vous vous êtes bien amusée ! Sachez que la récréation est terminée. Approchez seulement à quelques mètres de mon fils et vous aurez affaire à moi. Pour moi vous n'êtes qu'une putain, qui attend un bâtard. Je suis prête à parier que cet enfant n'est pas d'Alex. C'est sûrement l'argent de ses parents qui vous intéresse. Allez, tenez, servez-vous car c'est tout ce que vous aurez, fait-elle en balançant devant moi, trois billet de 1.000 francs cfa.

Nous sommes, mon frère et moi, tellement estomaqués que nous ne disons rien.

- C'est comme ça qu'on traite les filles de votre espèce ! Votre bâtard et vous pouvez dire au revoir à Alex. Je ne vais sûrement pas vous laisser foutre sa vie en l'air.

Là, elle n'en dit pas plus, et me balance un journal, le quotidien national L'UNION en pleine figure.

- Si le fait d'avoir passé une nuit en taule ne vous a pas suffi, tentez seulement d'approcher mon fils et je vous ferai regretter de m'avoir défiée.

Elle s'en va en disant : « On les paie pour instruire nos enfant et tout ce qu'elles trouvent de bon à faire, c'est de les dépuceler ! »

A la une du journal, je peux lire un titre : Elle s'appellerait Daisy. L'article parle de moi, parle de déontologie et j'en passe. Tout y est relaté. Il paraitrait, selon le journaliste, que j'aurais détourné un jeune homme de bonne famille en lui promettant des moyennes sexuellement transmissibles (**MST**). Je serais tombée enceinte d'un de mes amants, chômeur et alcoolique, et aurais décidé d'attribuer cette grossesse à mon jeune élève.

Je n'en reviens pas !

Mon frère me dit alors :

- ça ne s'arrêtera pas. Tout le monde va le lire et te pourrir la vie !

Il est 16h quand quelqu'un sonne à la porte. C'est Théo Osséni qui est là. Il salue poliment mon frère et comme à son habitude, hésite avant d'entrer.

- Tu peux venir Théo. Bonsoir. Dis-moi ce qui se passe, je te sens inquiet !

- Ah, Daisy. L'inspecteur a reçu hier la visite de la mère d'un élève qui demande que des sanctions soient prises à ton encontre. Le proviseur nous en a parlé, à Mme Emane et moi, car il sait que nous sommes les plus proches de toi au lycée.

- Asseyez-vous, lui fait mon frère. Je vous apporte à boire.

- De l'eau, s'il vous plait. Je ne bois pas d'alcool.

- D'accord.

- Je t'écoute Théo.

Il toussote avant de reprendre.

- J'ai essayé de te joindre mais je tombe directement sur ton répondeur. J'ai supposé que la mère en question, est l'épouse du président du tribunal. Mais, peu importe. Je suis là parce que le proviseur m'a remis cette lettre là pour toi.

Je m'attends à tout en ouvrant le courrier. Je tends l'enveloppe à mon frère qui vient de poser un verre et une bouteille d'eau fraiche pour notre invité. Je me redresse pour servir Théo, alors que Jacques ouvre l'enveloppe.

- Tu es convoquée lundi matin à 9h30 dans le bureau du proviseur. Tu peux te faire accompagner de deux personnes, me dit Jacques.

Il remet le courrier dans l'enveloppe et annonce :

- Je serai avec toi.

- Mais ton travail ! Ils doivent avoir besoin de toi au cabinet.

- Tout se passe bien là-bas. Je suis les dossiers à distance. Ne t'inquiète pas pour ça.

Jacques est expert-comptable et s'est associé à deux amis il y a 10 ans pour ouvrir son cabinet d'expertise et de conseils pour les entreprises. Je suis heureuse qu'il soit là pour me soutenir au moment où j'ai l'impression que mon monde s'effondre.

Le week-end passe tranquillement. Je me repose et, le dimanche soir, Jacques m'invite manger une pizza à l'extérieur. Nous allons tranquillement dans un restaurant du centre-ville et rentrons à la maison après avoir fait le tour de la ville pour changer d'air.

Le lundi matin, je me réveille à 7 heures. Je décide de remettre mon téléphone en marche. Là, je remarque une cinquantaine de messages me venant d'Alex.

D'autres messages me sont envoyés par des collègues qui cherchent à avoir de mes nouvelles.

Quand nous arrivons, Jacques et moi, au lycée, nous nous dirigeons directement dans le bureau du proviseur. Nous arrivons là et la secrétaire nous fait attendre un instant avant de nous y faire pénétrer. Le proviseur se lève pour nous saluer. Nous nous asseyons et attendons un quart d'heure l'arrivée de l'émissaire envoyé par l'inspection d'académie.

Le tribunal d'exception, comme je le pense à ce moment-là, peut siéger. Il m'est reproché ma proximité avec certains élèves. J'aurais attiré un certain nombre d'élèves mâles à mon domicile, sous prétexte de leur prêter des romans pour le cours. Et de là, je leur aurais fait des avances sexuelles en leur promettant des notes substantielles.

- Nous avons recueilli les plaintes de 8 mères dont les enfants auraient eu une aventure avec vous et cela sous la contrainte, madame Inanga. Que répondez-vous à cette accusation.

Je respire un grand coup et réponds :

- Je ne reconnais aucune de ces accusations. Jamais je n'ai fait ce genre de choses. Jamais je n'ai eu de relations sexuelles sous contrainte exercée de ma part. Ce sont des mensonges.

- Passons ! Il nous a été rapporté que vous auriez eu une aventure avec un membre éminent de nôtre ville. En tant que professeur, vous devriez avoir un comportement responsable et être un modèle pour les jeunes filles que vous avez le devoir d'instruire. Que peuvent-elles penser en sachant que vous avez un comportement indécent.

Je respire un grand coup et lance :

- Ma vie privée ne concerne que moi. C'est tout ce que j'ai à dire.

- Il semblerait, d'après un article paru dans le quotidien national L'UNION, que vous seriez enceinte et entretiendriez une relation avec un élève de ce lycée. Comment justifiez-vous cela ?

- Je le reconnais et répète encore que rien ne s'est fait sous contrainte. Cette personne était consentante et nous sommes tombés amoureux.

- Bien, c'est noté. Quelques rappels déontologiques vous sont listés sur ce document. Vous aurez le temps d'en prendre connaissance pendant les 10 jours de mise à pied que je suis chargé de vous signifier. Et cela prend effet dès maintenant. Vu que votre lycée a un problème d'effectif et que le bac approche, la sanction a été ramenée à 5 jours.

- C'est noté, dis-je simplement.

- Et sachez, madame Inanga, que votre dossier a été remonté au niveau du ministère. Une sanction administrative sera prise à votre encontre. Ne vous étonnez-pas si vous vous retrouvez mutée dans une localité qui serait un désert de population. Veuillez signer cette décharge qui prouve que vous avez bien répondu à votre convocation ce matin et vous pourrez partir.

Je signe le document en question après l'avoir lu. Mon frère lance alors :

- Difficile métier que celui-là. Quand on y pense, vu comment nos enfants, à force de redoubler se retrouvent à passer le baccalauréat à 25 ans, vous ne pouvez empêcher les hormones de certains de leur jouer des tours, messieurs. Vous savez tous que tout ceci est une mascarade et qu'une personne, dont je tairai le nom, assez puissante pour en entrainer d'autres, est à l'origine de tout ça. La maman n'a pas remarqué que son fils était un homme et fait désormais autre chose que de jouer aux cartes quand il est en compagnie d'une jeune femme, et tout le monde crie au feu ! J'aurais dû me montrer plus insistant et empêcher ma sœur de venir enseigner ici. J'aurais dû la presser encore plus de retourner à la fac pour poursuivre son doctorat. Mais bon, si vous avez la conscience tranquille en vous disant que vous avez débarrassé votre lycée de la vermine, n'oubliez pas tous ces professeurs mâles qui s'amusent ave les filles dès le premier cycle. Ne soyez pas hypocrites ; allez au bout de votre logique en débarrassant le lycée de cette vermine mâle qui distribue MST et grossesses précoces aux jeunes filles !

Les deux accusateurs en face de moi restent sans voix. Mon frère et moi sortons tranquillement. Dans les couloirs, deux de mes collègues, Mme Emane et Mme Bikalou, viennent à ma rencontre et me donnent l'accolade. Mme Bikalou, qui est l'une des doyennes du corps professoral, me passe la main sur une joue et me dit :

- Ma fille, le jour où tu es arrivée ici, je t'ai regardée en me demandant pourquoi on nous envoyait une enfant de 18 ans. Tu es si jeune. Ce lycée est une jungle.

Je lui souris simplement en leur disant :

- La vie nous donne des leçons tous les jours.

Dans la voiture, mon frère m'annonce :

- Je te dépose à la maison et je vais prendre les billets d'avion. Nous partons à Libreville en fin d'après-midi, si c'est possible, sinon, demain matin.

A la maison, je sors un trolley et y range quelques vêtements, des romans que j'ai achetés récemment et des affaires de toilette. Je me dis que cela me fera du bien d'être loin de Port-Gentil, petite ville qui représente un quartier de Toulouse. Petite ville dans laquelle tout le monde connait tout le monde, tout le monde se mêle des affaires de tout le monde. Une ville de 150 mille habitants où rien ne se cache. C'est rassurant et effrayant à la fois.

Je fouille partout pour trouver mon téléphone et me rends compte que j'ai dû l'oublier dans la voiture. Je retourne tranquillement me mettre devant la télévision et attends que mon frère soit rentré pour manger en sa compagnie.

- Notre vol décolle cet après-midi à 18h30. J'ai appelé Mamie. Elle t'attend, me fait mon frère.

- D'accord. J'ai déjà rangé mes bagages. J'aimerais juste passer tout à l'heure à la banque déposer ce chèque et tout cet argent qu'on m'a remis.

- Combien y avait-il dans l'enveloppe.

- Cinq cent mille francs en billets de 10 mille francs et ce chèque de 800 mille francs !

- Il t'a envoyé tout cela alors que sa femme, elle, a estimé ta grossesse à 3 mille francs cfa !!!, me fait-il, dépité.

*****

Le cœur tranquille, j'arrive à Port-Gentil avec le vol de 7h30, ce lundi main. Les résultats du Bac seront proclamés cet après-midi à 16h. Je suis plutôt confiant. Dans cette épreuve, j'ai le soutien de ma sœur Noémie, l'ainée de la famille qui m'écrit chaque jour et me demande de tenir le coup. « Surtout, ne te laisse pas polluer l'esprit par les idées bêtes de maman. Elle te voulait avec Marysa juste pour l'image. Suis ce que te dicte ton cœur ». Johanna, qui vient juste avant moi et qui écoute toujours ce que dit maman, m'a condamné, me traitant d'idiot. Elle m'a dit : « Tu n'as pas honte d'aller dans le lit d'une vielle qui n'est là que pour sucer ta jeunesse ! Tu es bête où quoi ? Où va-t-elle t'emmener. » Quand j'ai rétorqué en lui disant que Daisy et moi allons avoir un enfant, elle 'a dit : « Elle te refile l'enfant d'un autre, parce qu'elle sait que tes parents sont riches. Et toi, tu seras le dindon de la farce quand cet enfant naîtra. Quel maboul tu es, Alex ! »

Je zappe les appels de Johanna. Cela ne l'empêche pas de m'envoyer des sms pour me sermonner. Heureusement que mon cousin Danger est là pour me comprendre. Sur lui au moins je peux compter.

Les amis ? Il y en a qui sont devenus idiots et espèrent que je leur arrange un « coup » avec ma prof, d'autres me disent que je suis complètement idiot de lâcher une meuf comme Marysa. Au lycée français, tout le monde lui courrait après et c'est moi qui l'ai eue.

Dès que nous sommes en voiture, papa me dit :

- Je ne veux pas t'entendre ouvrir la bouche quand nous serons à la maison. Tu es venu pour avoir tes résultats, un point c'est tout. Pas de guerre avec ta mère car j'en ai déjà raz la casquette de devoir me disputer avec elle tous les soirs. Si elle parle, tu te taies.

- Je ne sais pas si je pourrai, papa. Elle me menace tous les jours de ne pas me payer les études aux USA si jamais je reprends contact avec Daisy. Je ne pourrai pourtant pas rester loin d'elle.

- Alex, je ne veux pas de cris, pas de scène. Je suis épuisé, peux-tu le comprendre ? Elle en est à me soupçonner d'être complice avec toi et de vouloir mettre à sac les plans d'avenir qu'elle a pour toi. Elle a réussi à liguer d'autres mères contre ta Daisy et espère mettre fin à sa carrière par tous les moyens possibles.

Cette nouvelle me fait l'effet d'un coup de poing. Je me sens mal. Au lieu de me déposer à la maison, papa m'entraine avec lui au tribunal et me dit :

- Nous ne partirons d'ici que pour le lycée français tout à l'heure. Demande à mon planton d'aller te chercher un sandwich et une boisson à la boulangerie.

Je reste là assis toute la matinée et ne pense qu'à la seule personne qui occupe mes pensées : Daisy. Comment vit-elle tout cela ? Me croit-elle quand je lui écris que je ne m'imagine pas sans elle. ? Me prend-t-elle au sérieux quand je lui dis que cet enfant, je l'imagine déjà dans mes rêves ?

Je deviens fou à force de ruminer tout cela et de ne pas pouvoir la voir, la toucher, l'embrasser et lui murmurer dans l'oreille que mon cœur est sous perfusion chaque fois que je suis loin d'elle.

Il est 16h10 quand j'arrive au lycée français en compagnie de mon père. Tout le monde est là, en place. Je vais discuter avec les potes. Certains sont nerveux et d'autres confiants. Tout le monde a besoin de ce sésame pour se libérer de l'emprise des parents. Mes amis français et gabonais se sont, en majorité, inscrit en France, alors que les expatriés ont, préférentiellement, opté pour les USA. J'avise Marysa qui se tient à l'écart et discute avec ses deux meilleures amies. Je n'ai pas le courage d'aller vers elle, depuis que je sais que c'est sa mère et elle qui sont à l'origine de l'article dans le quotidien national. J'ai intérêt à me tenir loin d'elle si je ne veux pas finir incendié au milieu de cette foule.

Quand les résultats tombent, un quart d'heure plus tard, je n'ai pas besoin d'aller lire les listes car mon ami Paul-Henry Christophe m'annonce : C'est bon, mec ! C'est dans la poche ! On l'a eu. A moi les vacances à St Barth ! Tu peux venir si tu veux. » Mon père va vérifier l'info et me la confirme.

« Hey, Alex ! Il parait que tu t'envoies des vieilles maintenant ! on t'offre des crèmes antirides, si tu veux ! », me lance Emile Victor, l'idiot du village. Il vient de rater son Bac mais il n'en rate pas une. Je le regarde sans rien dire. J'ai autre chose à faire que de rester là à écouter des âneries. En courant, je m'en vais sous le regard éberlué de mon père qui ne sait comment me retenir.

Je cours. J'avance sans m'arrêter. Mon téléphone, dans la poche, sonne et je n'en ai que faire. Je cours simplement. La ligne est droite. Je passe des intersections en courant. Peu importe qu'il n'y ait pas de trottoirs dignes de ce nom. Je me fiche des regards des automobilistes qui se demandent sûrement ce qui me prend de faire un footing à cette heure-là, vu que les rayons de soleil sont encore puissants au-dessus de nos têtes. C'est au pas de course que j'arrive chez Daisy. C'est en courant que je monte les marches d'escalier parce que je ne peux plus m'arrêter. Quand j'arrive là, je sonne. L'impatience me pousse à sautiller sur place. De nouveau je sonne. Personne ne répond. Je cogne, personne ne répond. Je prends mon téléphone et compose son numéro. Je tombe sur son répondeur. Je sens quelque chose cogner très fort dans ma poitrine.

Je descends voir Lucille, la voisine. Je cogne à sa porte. Elle ouvre, simplement vêtue d'un string, les seins à l'air et me dit de manière fort coquine

- Tu veux entrer ?

Je fais un pas en arrière, puis deux, avant de lui demander :

- Qu'est ce qui ne va pas, Lucille ?

Là, c'est sans vergogne qu'elle me répond :

- Mais qu'est-ce que tu crois, Alex ! Ces portes sont faites en papier. Combien de fois suis-je montée dans l'intention de papoter avec Daisy et vous vous envoyiez en l'air dans le salon. Ça m'a donné envie. Et maintenant qu'elle se casse, je suis open si tu veux t'amuser un peu.

Je regarde le corps magnifiquement galbé de cette femme. Elle a tout pour plaire et c'est moi qu'elle a envie de mettre dans son lit !!!

- Je pensais que tu étais l'amie de Daisy ! Elle avait confiance en toi !

- Mec, si j'ai mis ta mère sur la piste de Daisy, c'est parce que tu m'intéresses. Alors, tu entres ou pas ? Regarde un peu la marchandise ! Touche et juge par toi-même.

Je reste sans voix ! Je lui demande alors :

- Comme ça, je t'intéresse depuis le début.

- Bien sûr ! Je vous aurais bien proposé une partie à trois, mais j'aime mieux t'avoir à moi seule. Laisse la à ton père, mon cher. Il parait qu'il la baise lui aussi. En tout cas, c'est ce que m'a dit mon neveu Walter Atanga qui va dans le même lycée que vous.

-Vous ne réfléchissez pas beaucoup dans votre famille, apparemment ! Va te rhabiller, Lucille ! Tu es bien trop laide toute nue !

- Tu es un idiot, si tu penses que c'est ton enfant qu'elle a dans le ventre. Je sais tout. Elle m'a tout raconté. Elle allait retrouver ton père dans son bureau au tribunal. Tout se passait là-bas dans ce bureau, parce qu'il voulait rester discret. Elle me l'a dit à moi. Elle m'a dit qu'elle préfère une bite plus mature que ton petit pétard mouillé.

- Tu te contredis, Lucille ! Tu as dit que c'est Walter qui t'as mise au courant !

Je m'approche assez prêt pour l'effleurer puis lui dis sur un ton menaçant :

- Tu sais ce qu'il te dit mon pétard mouillé ?

Elle recule de deux pas, avant de me toiser et me dire :

- Tu vas bien pleurer comme un maboul, mon cher ! Ta fameuse chérie que tu partages avec ton père, sache qu'elle voyage ce soir. Elle quitte définitivement Port-Gentil et retourne en France. Bye bye, pauvre idiot ! me fait-elle en refermant sa porte en la claquant.

Je reste là, figé, en me disant que la psychologie féminine est vraiment plus complexe que la masculine. Daisy a vécu tout ce temps à côté d'une vipère !!!

Je redescends, bredouille, l'esprit plus vide qu'à l'arrivée. Où donc se trouve Daisy ?

C'est instinctivement que je décide de monter dans un taxi en direction de l'aéroport. Les 15 minutes qu'il nous faut pour y arriver me paraissent une éternité. Je croise les doigts en espérant que cette folle de Lucille m'a dit la vérité et que Daisy voyage bien ce soir. Il est 17h 45 quand nous arrivons. Je descends rapidement du taxi et cours vers l'intérieur de l'aérogare. Certains font la queue aux guichets d'enregistrement des 3 compagnies qui font la liaison entre Port-Gentil et la capitale. Je passe le monde en revue et ne vois pas Daisy. Alors, je me glisse en courant vers la salle d'attente. Je la vois là, assise aux côtés de son grand frère. Je décide de prendre mon courage à deux mains et improvise rapidement quelque chose. J'entre dans la salle où sont assis pratiquement une soixantaine de personne. J'avance vers elle, alors qu'elle a la tête penchée, occupée à lire un roman. Je dépose mon sac à dos par terre, l'ouvre et en sors les feuilles de papier que j'ai piquées dans le bureau de mon père. Je prends un stylo. Là, Daisy lève la tête et remarque ma présence.

- Que fais-tu là, Alex ? Ta mère m'a déjà assez insultée comme ça !

Je ne dis rien. Je me contente de prendre mon stylo et d'écrire sur une feuille blanche :

Mon existence se vide si tu pars.

Je suis sous respirateur artificiel chaque fois que tu es loin de moi, Daisy.

Mon oxygène, c'est toi.

Aujourd'hui, je veux que le monde entier sache que je suis un homme dont le cœur ne bat que pour toi.

Là, je me rends compte qu'elle a rougi et ne sait plus où se mettre. J'avise son frère qui arrive vers nous. Je prends alors sa man, l'oblige à se mettre debout et lui vole un baiser avant que son frère n'approche.

Le temps se fige alors. Les regards braqués sur nous n'ont aucun effet sur moi. Je veux vivre cette éternité maintenant, quitte à devenir fou et ne plus avoir l'amour de ma mère.

- Je te l'ai dit, que je t'embrasserai en public quand j'aurai mon Bac ! Sache que je tiens toujours parole.

Elle sourit, baisse la tête et me murmure :

- Tu es complètement fou, Alex !

Elle relève la tête et me dit :

- Félicitations pour ton Bac !

Alors que les passagers sont appelés pour l'embarquement, je la regarde s'en aller avec un pincement dans le cœur. Son frère qui m'a royalement ignoré, tire son bagage et s'assure qu'elle se tient bien à ses côtés.

Trois semaines plus tard...

Je vis les jours les plus pénibles de toute ma vie. Jamais encore je n'aurais pensé qu'une telle torture morale puisse exister. Je suis à Libreville chez mon oncle André mais, tous les soirs, maman prend son téléphone pour me faire du chantage affectif. Elle met sur la balance, mon histoire avec Daisy et mes études aux USA.

Je suis au téléphone avec elle depuis déjà une demi-heure. Je tiens le combiné loin de mes oreilles car j'ai peur de finir sourd. Elle crie, elle menace, elle insulte. A la fin, elle me dit :

- Je te coupe les vivres si tu choisis de suivre cette putain et son bâtard.

Ma tête manque d'exploser. Je lui demande alors :

- Pourquoi es-tu aussi méchante, maman ? Elle s'appelle Daisy. Ce n'est pas une pute. Cet enfant est mon enfant.

- Espèce de couillon. Tu n'es qu'un idiot, mon fils. Tu as pensé à ton avenir ? Ce n'est pas toi qui voulais faire du basket en professionnel ! Que t'a-t-elle fait, mon enfant ? Quel féticheur est-elle allée voir pour t'envouter ?

Je me tais car j'ai promis à papa de ne pas envenimer l'affaire. Là, elle m'annonce :

- J'arrive à Libreville ce soir. Je te laisse réfléchir correctement. Toi et moi allons causer tout à l'heure.

Je suis complètement dépité. Je ne sais plus où donner de la tête. Je suis totalement perdu. Je suis à la merci de ma mère car de l'argent, je n'en ai pas. Il faut être indépendant financièrement pour être un homme. Les attributs physiques ne suffisent pas et j'en prends conscience.

Je suis là à tourner en rond dans la chambre que j'occupe. J'étouffe. Cela fait trois semaines que je ne communique avec Daisy que par téléphone. Elle est occupée avec le baccalauréat. Elle a été réquisitionnée pour la surveillance de l'examen et se trouve à Franceville en ce moment. J'aimerais tant qu'elle soit là !

La porte de ma chambre s'ouvre et laisse apparaitre le visage de ma tante Irma. Elle s'approche, s'assoit sur mon lit et me dit :

- Comment te sens-tu ?

- J'ai l'estomac noué. Maman sera ce soir.

- Oui ! Elle a appelé pour me le dire.

Tante Irma est la sœur aînée de mon père. Elle me regarde longuement avant de me dire :

- Tu aimes vraiment cette femme !

Je baisse la tête et lui dis :

- Oui.

Là, elle me répond :

- Je te souhaite du courage. Ne te laisse pas impressionner par ta mère. Dis-toi que si elle ferme une porte, une autre s'ouvrira.

- Elle va me tuer.

- Alex ! Comment veut-elle te donner le sens des responsabilités en te demandant de fuir cette Daisy et de nier ta paternité ?

Je reste là et la regarde sans savoir quoi répondre.

- Courage ! Personne ne tuera personne.

Elle s'en va. Je reste là, seul avec moi-même. Au risque de voir ma tête éclater, je décide de sortir et d'aller jouer au basket sur le terrain à quelques mètres de la maison. Après quelques dunks, je décide d'appeler Daisy.

- Hello ! Comment va la plus belle femme du monde.

- Tout va bien Alex. Ma belle-sœur Aurore est là avec moi. Je n'ai donc pas le temps de m'ennuyer.

Elle finit par se taire et je peux entendre le malaise dans son silence.

- Dis-moi ce qui ne va pas !

- Ta mère a eu ma tête, dit-elle.

- Comment ça ?

- Oh ! Un ami de Jacques lui a annoncé que ma mutation pour la rentrée prochaine est prévue dans un collège du côté de Bacoumba. Il parait qu'il n'y a même pas d'agence bancaire dans ce coin perdu. Quant aux dispensaires, les étagères y sont vides. Quelle femme rêverait d'aller vivre sa grossesse dans un coin pareil !

- Je suis désolé ! Profondément désolé, bébé !

- Hey ! Souviens-toi de ce roman d'Eric Segal dont je t'ai parlé et que tu n'as pas voulu lire.

- Love Story ! Oui, je m'en souviens. L'amour, c'est n'avoir jamais à dire qu'on est désolé.

EPILOGUE....
6 ans plus tard

Nous sommes le 2 juillet 2017

- Notre virilité se sentait agressée chaque fois que cette prof entrait dans notre classe. Certains métiers devraient être interdits aux belles femmes !

- Votre remarque est sexiste et déplacée, jeune homme !, me fait une dame à ma droite.

Je me retourne et avise la vieille dame aux cheveux gris cendre, qui se lève pour aller s'asseoir plus loin, profondément outrée. Mon cousin Danger et moi rions de bon cœur.

- Peut-être que tu devrais aller voir cette vieille dame et lui dire que la prof en question va devenir ta femme ! La pauvre, tu l'as vraiment vexée !!

- C'est vraiment beau de repenser à tout ça ! Le chemin a été tellement long. On m'aurait dit qu'on en arriverait là et je ne l'aurais pas cru.

- Le résultat est là, mec. Et si jamais tu changes d'avis au pied de l'autel, je me chargerai moi-même de te mettre un coup de poing pour te réveiller.

Je rigole à pleines dents. Nous sommes assis là, dans le hall de départ, Terminal F, de l'aéroport Roissy

Charles de Gaulle, en transit pour le Gabon. Je me marie dans 10 jours, à la plus splendide des femmes, la mère de ma fille Jade, l'amour de ma vie... Elle s'appelle Daisy. Parce que l'amour est définitivement plus fort que tout. Les femmes de nos vies arrivent nous rejoindre. Charline, la fiancée de Danger, est enceinte de 5 mois. Elle tient la main à ma fille Jade, qui est, ironiquement, le portrait craché de ma mère. Daisy avance à leurs côtés en tenant dans les mains, une boîte de chocolat qu'elles viennent d'acheter.

Cet avion pour les Etats-Unis, je ne l'ai jamais pris. Ma mère a préféré geler les fonds qu'elle prévoyait pour moi. J'ai donc demandé à mon père de me payer un billet pour l'Afrique du Sud. J'y suis allé rejoindre mon cousin Danger. J'ai intégré la Cape Town University of Technology (CPUT). Mon Bachelor en poche, j'ai décroché une bourse d'études pour préparer mon Master dans une université Danoise tout en travaillant à mi-temps pour une compagnie pharmaceutique.

Mes relations avec ma mère ? Longue histoire...

Fin...

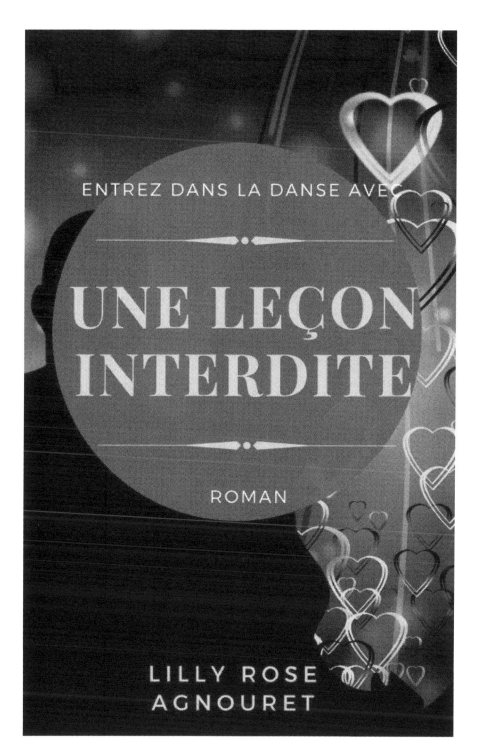

Une leçon interdite

Roman

©Lilly Rose AGNOURET

Septembre 2017

Printed in Poland
by Amazon Fulfillment
Poland Sp. z o.o., Wrocław

11432298R00129